JN106694

クリスティーヌ

Christine

クリスティーヌ・アンゴ
西村亜子 訳

クリスティーヌ

装幀：白畠かおり

Photo by Kristin Zecchinelli／Moment Open：ゲッティイメージズ提供

私が父に会ったのはストラスブールのホテルでだった。ホテルがどこにあったかは今となっては定かではない。建物は五階建てだったと思う。ホテルの前には数台分の駐車場があった。建物の中にはガラスの扉から入った。フロントは左手側、奥にエレベータ。階段は木製で足音が響かないように、絨毯が敷かれていた。正面のファッサードはどちらかというと近代的で、白い石に幾何学模様のレリーフが施されていた。確かそうだったと思う。私は十三歳で第五年生〔中学二年〕を終えた夏休みの時だった。母がフランス東部へ旅行しよう、と言い出したのだ。私たちは八月の初めにシャトールーを出発した。ランス、ナンシーとトゥールに泊まって、ストラスブールに到着した。曜日は覚えていない。時間が昼前だったのは間違いない。

私の部屋は通りに面した三階にあった。母の部屋は一階上で、別棟だった。私の部屋は東か南東に面していたに違いない。すごく日当たりがよかったからだ。壁紙は黄色で専用のお風呂とトイレがついていた。今回は父が予約を入れて、母とは別の部屋にしたらしい。予約を取ったという電話を父から受けた時、母は私に受話器を渡してくれた。父の声を聞いたとたん、私は泣き出してしまった。

　部屋に入ると、私はベッドに座った。不安だった。すると、ドアをノックする音がして、母が入ってきた。

「ふう。パパから電話があったわ。事務所を出るところで、あと二十分ぐらいでここに来るそうよ。ここで待つ？　それとも下のホールがいい？」

「ここがいい」私は窓際に行った。胸がドキドキした。

「どんな車に乗っているの？」

「最後に会った時はシトロエンのDS（デーエス）〔富裕層が好んで使用した車。大統領専用車もこのライン〕だったけど、ずいぶん前のことだわ。あれからきっと買い換えたでしょうね」

「何色？」

「さあねえ……青だったかも」

私には父親との思い出はなかった。それまで父親に会いたいと思ったこともなかった。人からお父さんはどこにいるの、と訊かれるたびに死んじゃったの、と答えていた。

「クリスティーヌ、窓のところになんていないで、こっちに来て。私の横に座って」母が言った。

私は写真でしか父を見たことがなかった。写真は一枚しかなく、しかも私が生まれる前のものだった。写真の父は白いシャツをきっちりとズボンの中に入れ、ベルトを締めていた。痩せていて、茶色い髪で眼鏡をかけていた。

私の子ども時代の男性代表は叔父だった。ある年、学校で作った父の日のプレゼントを叔父に贈った。背広のポケットに入れやすい合成皮革で作った櫛入れだ。叔父はおしゃれで香水をつけるのが好きだったし、何よりも離れて暮らす父に送るのを躊躇(ためら)ってしまった。櫛入れを渡した時、極(き)まりが悪かった。叔父がそれを使うのを見たことは一度もなかった。

あとは祖父だが、祖父は年に一度シャトールーに来るくらいだった。アレクサンドリア生まれの中央ヨーロッパ系ユダヤ人で十か国語を話せた。けれども、母との関係は芳しくはなかった。

他に周りにいる男性といったら、買い物先の男性店員か、友達のお父さんくらいだろうか？　でも、日常の挨拶を交わす程度で、深い関わりはなかった。毎週土曜日に友達を学校に迎えに来て、車の運転席にいるのを遠くから見かけるか――車はたいていはDS(デーエス)だった――お誕生日会に招かれた時にたまたま廊下ですれ違うぐらいしかなかった。私は私立の女子校に通っていたので、友達はみんな女の子だったし、学校の先生も女性だった。

ドアがノックされた。父が入ってきた。写真から想像していたイメージと現実の父はまったく違っていた。私はこの手の男性はテレビか映画でしか見たことがなかった。優雅で寛いだ物腰、ノーネクタイ、靴先に届くくらいのズボンの折り返し。髪はとても黒く、後ろはうなじにかかるくらい少し長め、前髪は一房、横に流していた。私は泣きながら父の腕の中に飛び込んだ。

「私……私、会えてうれしいわ。泣いているけど、それはうれしいからで……うれしくって……」すすり泣きで息切れしながら言うと、「僕もだよ、クリスティーヌ」と父は私を腕の中に抱きしめた。

その間、母は私のうなじに手を置いて何か落ち着かせるような言葉を言った。部屋は光でいっぱいだった。

父はミシュランのガイドブックに掲載されていてアルザスの郷土料理を出すという駅のビュッフェレストランを予約していた。

「シュークルートは好きかい？」

「ううん、あんまり」

「うん、自分の考えを主張できるタイプだということはわかったぞ」

「きっとあなたに似たのよ、ピエール」と目を輝かせ、にっこり笑って母が言った。父は微笑んだ。薄い唇を横いっぱいに伸ばした独特の微笑みだった。

エレベータの中で父は紙タバコを指に挟んでいた。その手は私の手と同じ形だった。でも、それならどうして母は私に教えてくれなかったのだろう？　そのことに、私は驚いた。

それから私たちはフロントの前を通った。傍からは私たちはどう見えているのだろう？私は周りを窺った。もちろん、家族に見えるに違いない。そう思うと、誇らしさでいっぱいになった。心が躍ると同時に、厳粛な気分でもあった。

駐車場では父は私の前を歩いていた。写真の父ほど痩せてはいなかった。その時、父は四十四歳になったばかりで、すべてが堂々としていた。ゆったりとした歩み、肩の揺らし方と肩がジャケットの中で動くさま、自信に満ちた顔、まっすぐに伸びた背。母も素敵だった。白いスカート、グリーンのブラウス、象牙のネックレスにイヤリング。

「あそこの白い車が見えるかい？」と父は腕を伸ばし車のキーで前方を指した。

車に乗ると、私はダッシュボードに興味をひかれた。カーラジオは大きな青いスイッチでつけることができた。グローブボックスは地図とミシュランのガイドブックで満杯だった。父がボックスの扉をカチンと閉めた時、親指が私と同じカーブで、爪が同じように反っているのに気が付いた。父はダッシュボードの真ん中にあるボタンを押した。

「それ、なに？」後部座席にいた私は尋ねた。

「シガーライターだ」

父は振り返り、シガーライターを抜いてみせると、その赤い端でタバコに火をつけた。ギアを入れ、ウインドウを下げると肘を乗せエンジンをかけた。どの道を通ったかは覚えていない。橋を渡った時、父は言った。

「バ＝ラン県（下ライン県）は地図ではオー＝ラン（上ライン県）の上に描かれていておかしいと思うだろう。でも、別に不思議はないんだよ、ライン川は南から北に流れているからね」

空はとても青かった。続けて父はアルザスが海から離れていて、連なる山が海風を止めている大陸性気候であること、アルザス平野の空気が乾燥してくると、それが先触れとなって、中央ヨーロッパの空気も乾燥するということなどを滔々と話した。それを聞くと、母は「私の父は中央ヨーロッパの出身なのよ」と言って、東ヨーロッパを旅行してみたいと呟いた。

それから、父に向かって話しかけた。

「ストラスブールが好きなのね。それじゃあ、パリも恋しくならないはずよ」

その日私は小さなボタンが三つ付いた赤いTシャツを着ていた。クラスメートの女の子たちがよく行くお店で買ったものだ。母はできる範囲でクラスメートと差がつかないよう、私にお小遣いをくれていた。

私たちはレストランに入った。その時も、ホテルのフロントの前を通った時と同じ気持ちになった。父と母、そして私――私たちは家族に見える。そんな自分たちの姿を頭の中で思い浮かべながら、私は周りを観察した。でも、そのことは口に出さなかった。

朝のうちに母が私にこう警告していたからだ。

「何も考えずにぽろっと口に出してはだめよ。どうしてそう思うのか論理的に説明するように言われるから。あの人と話す時は必ず論証できないといけないの」

私は会話の話題を準備した。

レストランの名前がお皿のふちにぐるりと書かれていた。「レ・なんとか」だったと思う。私は母の隣に座った。父の正面だ。きっと周りにいた人たちはこの昼食が私たちにとってどんな意味を持つのか思いもよらないだろう。

父は私の叔母のことを尋ねた。母の妹だ。

「エディットね、そうね、子どもが三人いて育て上げたわ。それで今、また働きに出たところよ」

「何をしているんだい？」

「私が勤めている病院を世話したの。調理場で働いているわ」

母はタイピストとして医療保険一次金庫〔労働災害等が発生した際の通報先であり労災の認定機関〕に勤め、努力して昇進してきた。今は社会保障局が管理する医療機関で人事部長の秘書をしている。

「でも私たちの方はひょっとするとシャトールーを離れるかもしれないの」

「どこに移るんだい？」

「ランスに。もしかすると、だけど」

今回の東への旅には理由が三つあった。ランス市の社会保障局に母が書類を提出すること。

母の女友達がナンシーの近くのトゥールにあるアパルトマンを貸してくれたこと。そして正妻の同意があれば父親が非嫡子を事後認知できるという親子関係に関する新しい法律ができたこと――つまり、私を認知してもらうこと。

「君は勉強ができるんだってね」父が私に尋ねた。

「うん、でも数学は好きじゃないの。外国語とフランス語の方が好き」

「数学には興味を持つべきだよ。論理的な思考に役に立つからね。外国語は何を教わっているのかな？」

「今のところ英語だけ。第四学年〔中学三年〕になったらドイツ語とラテン語を始めるつもり。パパは？　欧州評議会では正確には何をしているの？　人の言っていることを通訳するの？」

「いや、それは通訳部門の仕事だ。そちらの部門の連中は大概、ブースに入って同時通訳をしている。私はインド・ヨーロッパ語局で翻訳部を統括している。インド・ヨーロッパ語ってなんだかわかるかい？」

　そう言うと、父はインド・ヨーロッパ語について、さまざまな言語を実際に話しながら、説明をしてくれた。私はその膨大な知識と、父が話せる言語の多さに圧倒された。自分の語学に対する才能に自信がなくなり始め、はたして自分は語学で身をたてるという夢を叶えることができるのだろうかと、不安な気分になった。

「子どもたちはバイリンガルなの？」

「生まれた時から母親がドイツ語で話しかけているからね」

「ドイツ語を話す時、フランス語訛りはないの？」

「とても不思議なことにドイツ人の子どもたちのように話すよ」

「パパは何か国語を話せるの？」と訊くと、大体だが……と言いながら二十から三十の間の数字をあげた。

「パパの子どもたちに会ってみたいな」

「まだ小さいからね」

「じゃあ、大きくなったらね。パパは中国語と日本語も話せるの？」

「クリスティーヌ、お父さんを少しは放っておいてあげなさい」

父は中国語と日本語は専門家ではないが、多少の読み書きはできると答えた。新聞も読むと……。欧州評議会にはアジア局というのがあって、そこには中国語や日本語の専門家がいて、父がインド・ヨーロッパ局でやっているのと同じことをしているのだという。

「我々は優秀（ボン・ゼレマン）な人材だからね」と父は微笑みながら付け加えた。

　午後、母と私は中心街のプティット・フランスの運河岸を散歩した。そこはぜひ観光してみるといいと父が勧めてくれたのだ。

「パパってすごいね、ママ」私は言った。

「だって、私が選んだんですもの」

母は父との間にあったことをすべて忘れて、まるでそれでよかったかのように答えた。母との子どもが欲しいと言ったくせに、妊娠を知ると母を捨てたこと、それなのに、数年後にドイツ人の女性と似たような状況になった時には結婚したことも……。母の時代、未婚の母親になることは落伍者の烙印を押されるのと同じことだったというのに……。母はそれをすべて大したことではなかったかのようにしてしまった。

「それで私、パパのユーモアのセンスが好きだわ。『私たちは優秀な人材だからね』って言った時なんか面白かった」

「あら、そんなことを言ったかしら」

「ええ。そうよ、ほら、欧州評議会でパパと同じ仕事をしてアジア言語を担当している人のことを」

「ああ、そうだったわね。あの人、真面目な顔で冗談を言うのよね」

「それからファッションのセンスも最高だと思う」

「昔は着るものにそんなに関心を持ってなかったけど」

「パパのファッション、好きだな」

「私が思うに、今の奥さんがコーディネートしていると思うわよ」

何年か前、最後にパリで父と母が会った時、母を駅に送る途中、父が私へのお土産にといって、膨らませるタイプの地球儀を買って、母に託したことがあった。夜、レストランでそのことを話題にした。

「ナイトテーブルの上に置いてあるの。毎晩見ているのよ。そうよね、ママ」

食後、父は私たちをホテルまで送り、私たちと一緒にエレベータに乗り込んだ。私は自分の部屋の階で降りたが、二人はそのまま上階へ行った。

母の性生活のことなど脳裏をよぎりもしなかった。

最近になって母と長いこと話す機会があったが、その時、母に「あの夜、愛し合ったの」と打ち明けられた。

「でも長い時間、一緒にいたわけではないわ。あの人は家に帰ったから」

翌日、母と私は百キロメートルほど南に行ったところにあるジェラールメー湖に二人でヴァカンスに出かけた。天気はよかった。車のウインドウを開けたままドライブした。私はインド更紗（さらさ）のシャツにジーンズ姿で、ダッシュボードに素足を乗せた。風が髪をはためかせて気持ちがよかった。

ホテルは湖に面していた。階段は石でできていて、私のベッドからは日の入りが見えた。

私は枕元に好きな本を置いた。キャロリーヌ・キーン、ジルベール・セブロンの本、それにポール＝ジャック・ボンゾンの『六人の仲間たち』シリーズの一冊。読書灯が本を照らしていた。

この町でヴァカンスを過ごしたことは前にもあった。湖のほとりに立つ私の写真がある。写真の私はお人形を抱え、ヘアバンドをつけ、首には色とりどりのおもちゃの真珠のネックレスをしていた。私は持っていた人形の名前も、着ていたワンピースのことも、ワンピースの肩紐の感覚さえも覚えていた。でも、その時、母と私に会いに来ていたはずの父のことは覚えていない。母の話だと、私と父は一緒に湖で足漕ぎボートに乗ったというのだが、そのことは記憶からすっぽり抜け落ちているのだ。

父は土曜日にジェラールメー湖にやってきた。私たちは公園を散歩した。その時、父はまばゆい光に照らされた芝生を見て、satt grun（ザット・グリュン）（緑にあふれている）と表現した。

「satt は『満ちあふれている』とか『満ち足りた』という意味でね。だから、Ich bin satt（イッヒ・ビン・ザット）は『私は満足している』という意味になる」

そう言う父の表情から、芝生の色を的確な言葉で表現できたことに満足しているのが窺い知れた。そう、芝生はまさに緑に満ちあふれていた。父はしばらく、『豊かな緑』とか『鮮やかな緑』とか、フランス語でぴったりくる訳を探したが見つけられなかった。

そのついでに、父はドイツ語とフランス語にまつわる冗談を教えてくれた。一般に、フランス語は滑らかで音楽的なのに、ドイツ語は硬くてごつごつしていると言われている。それに反発した男が、ある時、ドイツ語の方がフランス語より優しい響きであることを証明しようとした。男はまずフルートのように細い声で「とりたちはもりでなく（ディー・フェーゲル・ズィンゲン・イン・デン・ヴェルダン）」とドイツ語で優しく言うと、今度はフランス語で一音一音、強調しながら「と・り・た・ち・は・も・り・で・な・く（レ・ゾ・ワッゾ・シャンット・ダダン・ラ・フォッレ）」と大声で言ったのだ。私は声をあげて笑った。


少し後、私はホテルの部屋で横になり、本を読んでいた。電話が鳴った。

「パパが帰るわ。何か渡したいものがあるそうなんだけど、そっちに寄ってもいいかって」

渡してくれたのはドイツ語の辞書と文法書、そしてイタリア語の文法書だった。

「わあ、ありがとう。本当にありがとう」私は感動すると同時に誇らしかった。

父は窓に背を向けて部屋の奥に立っていた。

「君は私の他の子どもたちとあまりにも違う」

「どこが？」

「君といると、すごく気持ちが楽なんだ。ありのままの自分でいられる感じでね。ルールーはいい子なんだが……」

「ルールーって？」

「ルイーズのことだ。みんな、ルールーって呼んでいる。かわいい子だよ。アントワーヌもいい子だ。こっちは男の子だけど、感じがいい。でも二人とも絶対に質問なんかしない」

「でも二人ともパパと一緒に暮らせて幸せよね。私もそうしたかった。私、パパのこと、誇りに思っている。これ以上のパパなんて想像できない」

「私も同じ気持ちだよ、クリスティーヌ。君と出会えて、素晴らしかった」

父は私の目を見つめた。そして、一歩前に出ると、私にキスをした。私の口に……。

私は唖然とした。

脳裏に近親姦（アンセスト）という言葉が浮かんだ。

「まさか、私自身にそんなことが起きるなんて！」

私たちは階段を下りていった。私の心は父に対する失望でいっぱいだった。私たちに気づくと、玄関ホールで待っていた母がにっこりと笑った。私たちは外に出てからも、まだ別れを惜しむように話した。外はまだとても暖かかった。

「二人がシャトールーに帰る前に電話するよ」

「そうね、ピエール」

寂しさで胸が締め付けられるのを隠すように、母が明るい声で答えた。

「公証人に連絡する」

「ええ。そうしてくれるとうれしいわ。クリスティーヌにとって、いいことなんだから」

前にも言ったように、これが今度の旅の理由の一つだった。親子関係に関する法改正によって家族記録簿の「父親不明」を実父の名前に変更することが可能になった。変更は子どもの出生届をした役所でする。その際、嫡出子と同等の相続権利を要すことを明記した公証人の証明書を添えるのだ。それによって、私は役所の記録上でも、父の娘となる。

湖水の上の空が夕日で赤く染まっていた。

父の車が遠ざかっていく。

これは後になってわかったことだが、ストラスブールで再び父と性的関係を持ったことで、母はそれまでせっかく父を忘れようとしてきたのに、それができなくなってしまったらしい。母は不安に苦しむようになった。再び性的関係を持ったとしても、母にとってこの関係の未来は見えない。霧の中にいるようなものだ。数年前に、母と長いこと話をした際、母はこの時のことを思い出して、私にこう言った。

「あの時はあの人が行ってしまうのが悲しくて……。あなたは敏感にそれを感じ取ったのね。私の腕を取ってくれたわ」と……。


私は父が私の口にキスしたことを母には言わなかった。あれは二度と起きない事故のようなもので、近親姦なんて私の考えすぎなんだ、そう、なかったことにしよう、と自分に言い聞かせた。でもだめだった。忘れられるのはほんのわずかな時間で、キスされた場面が何度も脳裏に浮かび上がる。私は記憶から消し去ろうと頑張った。最初の楽しい時間だけを覚えていよう、父との会話や自分がどれだけ父を尊敬しているかだけを覚えていよう、と呪文のように繰り返す。父から貰った文法書を読もうとしても、すぐ考えが逸れてしまい、まったく集中できなかった。何とも言えない不快感と、自分の将来、これからの恋愛生活がうまくいかないのではないかという不安がじわじわと襲ってくる。私は明るい面だけを見ようとした。あの口へのキスは気にする価値のないことだ、他の思い出と切り離そう。それよりもまた父に会いたい。

　これで私の気持ちは決まった。周りに「父は死んだ」と言っていた頃には絶対に戻りたくない。この時は父がまたキスをしようとしたら、私は「したくない」ときっぱりと断れると思っていた。

　父は母と私がシャトールーに帰る前の夜に電話をしてきた。私は受話器を耳に当て、ベッドに腰掛けていた。昔の大きな黒い電話だったのを覚えているが、母の部屋だったか自分の部屋だったかは忘れてしまった。母には背を向けていたか、それとも母がちょっと部屋から出ていた時かもしれない。電話から聞こえる父の声は優しく、とても身近に感じた。周りの世界がなくなって、私は父と二人きりになったように感じた。

「おうちに帰れるのはうれしいかい？」

「うん。でもパパと一緒のおうちで暮らしたかったな」

「きっとうんざりしたと思うよ」

「そんなことはないよ」

「君には私が感じているすべてを話したい。私はね、人に個人的なことを打ち明ける質ではないんだ。でもこんなこと、君にとっては迷惑だろう？」

「ううん、そんなことはない。話してほしい」

「君の邪魔になりたくない」

「絶対ならない。パパのことを知ることができるなんて、私、とてもうれしい」

「パパは他の誰にも感じたことはない想いを君に対して持っている」

「パパの子どもたちには……」

「まったく違う。君といると、もう一人の自分といるような感じなんだ。この数日間で君は私の一番大切な人になったよ」

「私もまったく同じことを感じたよ。これって私たちが似ているからだと思う？」

「そうかもしれないね。君のことは心の中にずっと留めて大切に思っていたいんだ。そうしてもいいかい？」

「もちろんよ。私もそうする」

「今みたいに電話で君の声を聞いているとパパがどんな風になるかわかるかい？」

「いいえ」

「性器が硬くなるんだよ」

「……」

「これがどういうことかわかるかい?」

「わからない」

「君のことを愛しているということだ。とっても。そしてこの想いはパパには止められない」

私は思わず受話器を置いて電話を切ってしまった。無意識だった。何も感じない、何も考えない。

何も考えず、感じずにいるためには、大変な努力が必要なのだと私は初めて知った。

ジェラールメー湖を出発する前、最後に湖の周りを母と散歩した。それから車に乗って帰路についた。ドライブ中、母と私はおしゃべりしたり、歌ったりもした。私の九月からの新学期についても話し合った。

「もしランスに引っ越すとなると、聖ソランジュ学院で過ごす最後の年度になるわ」

「公立校には行きたくない。ママが訊きたいのはそれでしょ？」

「どうして？　公立校ではうまくやっていけないと思っているの？」

「そうでなくとも新しい街に住むのに、そのうえ、共学に行かなきゃならないなんて無理」

「あなたね、ずっと女の子たちとだけはいられないの。大学は共学よ。どうするの？」

「大学なんて、まだ先の話じゃない」

私は男の子が怖かった。男の子の友達は一人もいない。五歳の時にジャン・ピエールという遊び友達がいたことはあった。同じ町に住んでいて、一緒に撮った当時の写真がある。写真の中のジャン・ピエールは私が乗った赤い手押し車を押しながら走っていた。私は振り落とされまいと、左右の枠を掴み、笑っていた。

男の子が怖くなったのはその一、二年後に優先市街化区域(ZUP)〔第二次世界大戦後の住宅難を解消するため1958年に大都市辺縁部に大規模社会住宅団地の建設を指定した地区とその法律（以下ZUP）のこと。建物の品質は効率重視だったため、経済的に余裕のある家庭は次第に流失し、低所得者、失業者、単親家庭、移民、大家族といった社会的困窮層のゲットー化が進み、多くのZUP団地が問題地区となっている〕に引っ越してからだった。


車のウインドウから外を見ると、次々と木が現れては後ろへと流れるように去っていく。それを眺めながら私はどうやって母に父の口へのキスのことを話そうか考えていた。でも言葉が出てこなかった。

ホテルの部屋で暗く浮かび上がる父のシルエット。私の唇に父の唇が重なるシーン。私はあの時のことを言いたかった。意思はあったが、伝え方がわからなかった。伝えたい情報があるのに、どうやればいいのかが見えてこなかった。伝えるための言葉を見つけられなかったのだ。まったく出てこない。意味のある文にならない。意図ははっきりしているのに、見えない壁にぶつかり粉々になってしまう。

私はこの伝えたいという思いを箱に入れ、蓋をした。いつかまた蓋が開くことを願いながら。

シャトールーに帰り着いた晩、叔父夫婦の家で夕食を取った。叔父の家の壁には雪景色の風景画が掛けられていた。まっさらな雪が積もった傾斜屋根。繊細なタッチで描かれた雪道の轍(わだち)にはところどころに泥の跡が描き込まれていた。叔父は日曜画家でいろいろな絵を描いた。森の木々と下草。鐘楼と村。ピッチフォークを肩に担ぎ帽子をかぶった人物。杖を突いて前かがみに歩く男など。叔父は画廊のヌーベル・ギャラリーで働いていたが、かつては画家志望だった。

「ご対面はどうだったんだい？　おチビちゃんは喜んだかい？」

「ええ、よかったわジャック。とてもうまくいったの」

私は従姉妹たちと子ども部屋で一緒に遊んで、父のことを話して聞かせた。「私、お母さんが違う弟と妹がいるのよ」。

その頃のシャトールーはまだ労働者の町だった。繊維会社のブサック社や紳士用品製造業のサン・ミル・シュミーズ社の工場があった。バルサン社などは百年前から同じ一族が繊維業を営んでいた。タバコ工場もまだ稼働していた。休日でも町の通りを青い作業着を着た労働者たちが自転車に乗って行き来していた。私は聖ソランジュ学院に通っていた。そこの空気に完璧に溶け込み、クラス委員を務め、友人たちもいた。彼女たちの父親は大企業の社長、外科医、弁護士、会社の社長、建築家などだった。
父から手紙が届いた。母音字は小さく、すごく崩した字体だったので読むのが大変だった。

『僕のかわいいクリスティーヌ、
僕たちは今、見えない糸でつながっていることは間違いない。そしてこの糸は切れることはない。なぜなら精神的なものだからだ。僕の夢を——いや、夢のようなものというべきか——聞いてくれるかい? 君が行ってしまってから僕は海に潜った潜水士になった気分なんだ。ホース越しに酸素を吸っている感じだ。海面から酸素を送ってくれているのはクリスティーヌという名前の水夫だ。僕は自分の日常と周囲の人たちを潜水ヘルメットのガラス窓越しに見ているような気がしている。物音はしない。人々はただうごめき、魚のように口を大きく開けている。いつか僕たちのうちのどちらかがホースを引っ張って海面に上がるだろう。そしてまた潜っていくのだろう。

でもこれは夢にすぎない。君だって僕をぼんやりと海上で待つよりもっとやることがあるだろう。人生だって僕たちの妄想に足をとられることなく、進んでいくだろう。

君のママに僕からのキスを。手紙を書いてくれ。

君のパパより』

私は返事を書いた。

『僕のかわいいクリスティーヌ、
手紙を読んで、出会った時のことが続いているような感じと、それから君の新たな側面を発見した気分になったよ。とてもいい気分だ。まずは君からの質問に答えよう。

うん、そう。僕は今執筆中だ。でも純粋な言語学の本ではなくてとても特殊な分野のもの、そう、カタロニア文学の研究に関する本なんだ。

ああ、僕も君の年の頃にドーデの「ル・プティ・ショーズ」を読んだよ。でも僕は「風車小屋だより」と「月曜物語」の方が好きだな。精神描写や繊細さと感性の傑作だと思う。

いいや、僕の小説は書きあがっていない（ノー、マイノーヴェル・イズ・ノット・アウト）。君は小説（ロマン）ではなく短編（ヌーヴェル）と言いたくてノーヴェル（ショート・ストーリー）と書いたのだろうけど、僕が書いているのはそのどちらでもなく、言語学の短い学術記事だ。今度の九月までには出版されるはずだが不確かなんだ。もし興味があるなら「生活と言語」誌の九月号（定価二フラン）を買っておくれ。けれどどこの書店にも置いてある雑誌ではないからね。

今まで僕に詩を書いて送ってくれた人はいなかった。君が初めてだよ。君の書いた詩は好きだよ、あれは君の胸のときめきだね。

僕も君とずっと一緒にいたいよ。僕が微笑みかけたら君も白い歯をのぞかせて笑ってくれるだろうか。ああ、見えるようだよ。お礼にまぶたにキスしてあげよう。君のママに僕からのキスを。また手紙を書いておくれ。

君のパパより』

私はすぐには返事を書かなかった。シャトールーでの生活と、やらなければならないことがあったから。


母はイギリスからの絵はがきを受け取った。『仕事で数日、ロンドンに来ている。気候が素晴らしい、まあ、九月の下旬にしては、だが。元気で！ ピエール』。次に受け取ったはがきはストラスブールからだった。消印を見ると最近のもので、よく読むと次のようなことが書かれているのが私の目に留まった。

『最近、頻繁になんとか予定をやりくりして暇を作り、君たちに会いに行かれないものかと苦心をしている。これがまったくうまくいかない。それに下準備が必要だしね。君が、君たちが僕の訪問を歓迎してくれるかも知りたい。このことを訊くこと自体、勇気がいるんだ。

だって行くと約束しているようなものだからね。とはいっても、君たちがどうしているのか知らなくてはね。君からもクリスティーヌからも手紙が来なくなってからずいぶんたっている。こういう時は悪い方へと考えがちだろう?』

しばらく手紙が届かないので父は私が母に何か言ったのではないかと恐れたのだ。それが『悪い方へと考えがち』の意味だ。確かに口へのキスのことや、別れる前の日に父が電話で言ったことを私が母に告げ口することはできた。

そんなことはしていない。

その反対だ。ジェラールメーでの出来事は私の記憶から薄れつつあった。部屋でのシーンはもう遠いものになり、いくつかのシーンしか残っていなかった。逆光の中のシルエット。私に近づいてくる瞬間。私の中では起きたことは重要度を失っていたし、そのことを母に話そうとも思わなくなっていた。いつか開けようと期待しながらも伝える言葉を見つけられずに私が閉じてしまった蓋は、再び開けられることはなかった。父の素晴らしさは受け取る手紙によって補強されていき、親しい友人たちに父の存在を話せるという喜びがそうさせた。

母は『悪い方へと考えがち』の意味を、自分自身も感じたことのある根拠のない不安、安心させてほしい気持ちから生じたものと受け止め、彼が心配してくれていることに感動したみたいだった。彼女は時間と距離がお互いの意思の疎通を混乱させただけだと受け止めていた。

私は父に手紙を書いた。父も返事をくれた。欧州評議会のレターヘッドが入った紙を使っていた。父は便箋の角にバツ印をつけて段落の始まりを知らせるのが癖だった。

『かわいいクリスティーヌ、

ちょっとでも書きたいと思った時にはすぐに僕に手紙を書いておくれ。いつも君からの手紙を待ち遠しく思っているからね。明日は万聖節（ばんせいせつ）〔逝去したカトリック信者を墓前で悼む日。十一月一日・二日〕、死者のための日だ。君は死んだおばあちゃんのことを思ってくれるだろう。君の悲しさを分かち合うために僕の気持ちは君と共にあることを伝えておくよ。

君の好きな歌手と俳優たちは僕も好きだ。個人的にはイタリア人俳優を何人か加えたいな。例えばマルチェロ・マストロヤンニとヴィットリオ・ガスマンとか。パパはイタリア映画が大好きなんだ。

作家に関してはよかったら改めて話し合おう。選ぶのが難しいからね。パパは「六人の仲間たち」を読んだことはないなあ。誰が書いたのか教えてくれるかい？

君の手紙にドブシー先生のことが書いてあったけれど、しぇんせーがなにをおせーてるかわからなかたよ。ちゅぎのでがびでおせーておくれ。こないだのでがびをおぐってでくれた日に君がきていたふぐのびょーしゃはとてもきにいだ。がいでもらだ絵をおもいださせてぐれたよ。

どうだい、君よりも字を間違えることができただろう？　きれいなエーデルワイスを送ってくれたことに心よりの感謝を。この花は山の中に佇む君そのものだ。エーデルワイスは君のかわいい署名だね。頑張って勉強するんだよ。愛しているよ。

手紙を書いておくれ。

君のパパより』

父はクリスマスの数日前にシャトールーを訪れた。夜の帳が下りる頃、私は父を待つために外に出た。私はヘッドライトの灯りが照らす中、DSのシルエットを探した。すると駐車場の方から車のドアが閉まる音がした。私の方へ誰か歩いてくる。父は長いベージュのコートを着ていた。

母はダイニングルームに食卓を設えていた。私はピエールともパパとも言うことができなかった。なんといって呼びかければよいのかわからなかったのだ。私は頭の中で文章を作り、父の視線をとらえるのを待ってから冷静に切り出した。

「パパの子どもたちに会うことはできる？」

父はテーブルクロスの上に一枚の写真を置いた。小さな男の子は父そっくりの薄い唇をしていた。空色のアノラックを着ているその男の子の隣には、タータンチェックのコートを着た小さな女の子が三輪車に乗り、手をハンドルに、足をペダルに置いていた。

母はサロンのソファにベッドを準備していた。翌朝見るとシーツには皺が寄っていて、枕にも使った跡があった。

二人は市役所に行った。私の戸籍は書き換えられた。

その日の夜、レストランでの夕食の席で二人は私のこれからの学校のことについて話し合った。普通の妻と夫の間の会話のように。

「ねえ、ピエール、あなたはどう思う？」

「ストラスブールの僕のうちでは、子どもたちはとてもうまくいっているよ。公立に通ってはいるけどね。」と取り付く島もない声で父は答えた。視線は冷たかった。声には出さず、母に対して『私立校に自分の娘を通わせる程度で上流階級の仲間入りができるとでも思っているならそれは大きな間違いだ。決して受け入れられることはない世界に対してお前がやっている無駄な足掻きを僕が軽蔑しているのが聞こえないのかい』と言っていた。

『公立』という言葉の選択が最後の一締めだった。

この時の訪問中に父は特に私に言い寄ったりしなかった。変なことをされた記憶もない。

父はいたって普通に振る舞った……と思う。

引っ越し業者たちは十二月三十日に来た。母と私は三十日と三十一日の二日間、叔父の両親の家で寝泊まりした。大晦日の晩餐で叔母が言った。

「ねえ、クリスティーヌ、ジャン・ピエールのこと、覚えている？　ほら、あなたのボーイフレンドだったジャン・ピエールよ。アンドル通りでよく一緒に遊んでいた。思い出せた？」

「もちろん覚えているわ」

「あのね、この間、会ったのよ。ルドリュー・ローラン通りの自動車整備工場で働いているの」

「まあ、面白いこと。整備工場で何をしているの？　見習い工になったのかしら」母は微笑んだ。

「だと思うわ。クリスティーヌは十三歳でしょ。ジャン・ピエールはたぶん十五歳になっているでしょうからね」

週に一回、要理教育（カテキズム）〔キリスト教信者として生きるために必要な教理をわかりやすく解説したもの。教本や教育のことも指す。ここでは学校が行っている授業のこと〕がある以外、ノートルダム女学院は公立校と同じ教育を行っていた。授業カリキュラムはフランス国民教育省の指導要領に沿ったもので、教諭たちも同じ教職課程で学び、教員試験を合格してきている。昇進基準も給与にも差はなく、教育学区長から受給しているのも同じだった。生徒が女子のみ、ということ以外で公立校と唯一違うのは「お金」だった。ノートルダムに入るには学費が必要で、ブルジョワ階級の女の子ばかりが通っていた。シャンパンのボトルに名前が記載されているような家はこぞって男の子は聖ジョゼフ校へ、女の子はノートルダムへ通わせた。私はワイナリーの家の女の子と友達になった。彼女の家はランソン、テタンジェやアンリオのような有名どころではないが、ランスの町から十五分程度離れたところにある、一面葡萄畑の丘の上に建つ小さなお城に住めるくらいには名の通ったシャンパンを作っていた。

父が所属する社会階級と知識階級を意識して行動していた私は、そんな学校でも自分の居場所を作ることに成功した。私は「パパは死んだの」なんてもう言わなかった。両親は別れていて「パパはストラスブールに住んでいて、欧州評議会で働いているの」と説明した。

父からは定期的に手紙が届いた。手紙はいつも多少のユーモアと詩的な表現、そしてさまざまな感情が込められた言葉で綴られていた。

『君からの手紙をいつでも心待ちにしている。ストラスブールはどこも不意に現れる小さなクリスティーヌでいっぱいだ。いまだに名も知れぬ木を見た時、君がひょっこり顔を出す。一緒にオランジュリー公園を散歩した時に僕がその木の名前を言えず、へぼ植物学者だと君にばれてしまったことを思い出すんだ。君と同い年くらいのいたずらっぽい目をしたおしゃべりする小さな女の子を見た時は、君も引っ込み思案には程遠い子だった、ロンドンに行く僕を見送りに来てくれた時に「私を一緒に連れていくっていうのはどう？　イギリスに行ってみたいわ！」と耳にささやいたことを思い出したんだ』

父は追伸に、この手紙は一度封をしてからもう一度開封した、宛名に名字を書いた時に私が自分と同じ名を名乗っていることに感動したことを伝えずにはいられなかったから、と書いていた。

私は週に何回も手紙を受け取った。シャトールーの友人たちも私に手紙を書いてくれた。二月の誕生日に彼女たちはシャトールーで一番の宝石店で買った私のイニシャル入りの純銀製ナプキンリングと『ヴィルジニーは十四歳』という思春期についての本をプレゼントしてくれた。その本には体の変化、生殖器、お肌のお手入れ、服の選び方や部屋の飾り方、親との関係や初恋のことが書かれていた。いろいろな話や体験談、アドヴァイスでいっぱいのこの本を、私は長いこと手元に置いて、暇な時や情報を得たい時などによくページを繰った。

二月の終わり、父は初めてランスに来た。私は待ち遠しさと不安とが入り交じった気持ちで父を待っていた。市の中心部にあるエルロン広場のロータリーにはたくさんの白いDSが走っていた。母はまだ仕事場にいて、広場の近くのアパルトマンまで父を案内するのは私の役目だった。家に着くと私は父に自分の部屋を見せた。ナイトテーブルには父から貰ったビニール製の地球儀が置いてあった。母は帰ってくるなり、ぐったりとソファに腰掛けた。父が夕食は外でしようと提案した。私たちはコンチネンタルホテルに食事に出かけた。

細かいことを私は忘れてしまったかもしれない。あるいは父が訪ねてきた別の時とごっちゃにしているのかもしれない。時間と共に出来事の後先がずれた可能性もある。一連の出来事が私の記憶の中で入れ違ったのかもしれない。私はできるだけ起きた順序通りに再生しようとしている。絶対に揺るぎないこともいくつかあって、それに関しては疑いを挟む余地がない。時折、場所と気候を結びつけることさえできる。

でも、その一方で、バラバラで関連づけられない出来事もたくさんある。時系列がぼんやりと曖昧(あいまい)で記憶が薄れてしまっているけど、その場面は目に浮かぶ。形がそこにある。はっきりと確実で私が疑いもなく完璧に覚えているのはその時の私の感情だ。私が感じたことだ。当時の私自身に言い聞かせたことだ。それらを書き残してはいないし、誰にも話したことはない。でも正確に覚えている。逡巡したことも、反論も対比も、比べたことすべて。その頃の気持ちをバランスシートにして再現できるだろう。希望、意思決定と決意。私がむしり取った、あるいは得られたと思った譲歩。論証の構成などが完璧に思い出せる。特定の映像やシーン、会話も。それらをすべて再現し、セリフでさえ暗唱できる。声の調子だけはまねすることはできないが、どのように言われたかは記憶にある。どのようだったかは描写できる。記憶から抜け落ちているのは時系列だ。物事が起きた順、あるシーンや行動がどのような論理性でつながっているのかが抜け落ちている。ある週末に起きたことに比べて別の週末のことが曖昧だ。場所と出来事をはっきりと結びつけて思い出せることもある。ジェラールメーとロへのキス。ル・トゥーケと膣。イゼールでは肛門。フェラチオは早くからさせられた。ランスの訪問から後だけど、正確な日付は覚えていない。ジェラールメーとル・トゥーケの間の出来事だったと思う。出来事のつながりはいつも確かとは限らない。大まかだったり、記憶の中で書き換えられていることもあるだろう。

　でも、いついかなる時も私の物事を見た時の視点(ポワン・ドゥ・ヴュ)は揺るがなかった。私が「思いつかなかった」と言う時は実際に考えが何もなかったのではなく、誰かにわかってもらうためには十分に整理がついていない、言葉にすることができなかったというだけで、私には私なりの見解（ポワン・ドゥ・ヴュ）は常にあったのだ。私は物事を外から見ていた。自分が何を思っているのか、理解していた。私は父に、父がすることをやめてほしかった。でもどうすればいいのか、わからなかった。怖かった。私はいつも不安で怯えていた。常に身構え、警戒を怠らなかった。私は「いつかこんな日々は終わる、それを待つのだ」と投げやりにならないように頑張った。視点（ポワン・ドゥ・ヴュ）は良好、体は警戒状態だもの、大丈夫。

　私の自我と人格に差異が生じていった。私は自分自身から乖離していた。父との関係を自分がどう思っているのかわかっていた。それはもう疑う余地なく、拒否していた。「自我」と呼ばれるものが関係を拒否していた。その他（ル・レスト）は……「残骸（ル・レスト）」とは何だろう？　体だろうか？　わからない。それどころか「その他」のことは、何も考えていなかった。いつか終わってくれることを期待し、ただ待っていただけだった。「その他」は存在しない。「その他」は麻痺（まひ）していた。私は「その他」を切り離した。維持することができなかったからだ。努力はした。できると思ったが、無理だった。せめてかけらなりとも守れるかも、と、できそうな気がする時もあったが、うまくいかなかった。守れると思ったのは幻影だった。

　私は「その他」について考えないように防波堤を作り、その向こうに追いやった。今はもう「その他」を思い出すのも困難だ。もう手遅れだ。「その他」は当時の私を守るための生贄（いけにえ）となった。性行為をしている時に不意に記憶の向こうから浮上することがあるが、不快以外のなにものでもない。居心地が悪い思いがする。

ここまで書いて躊躇いが生じている。私はバラバラになった記憶の糸を集めて、小説という枠に嵌め、論理的に再生された布に織り直すべきなのだろうか？

あるいは遺跡で発掘された壺のように破片を順序よく並べ、他者が何が起きたのかが理解できるようにするべきなのだろうか。見る人それぞれが全体像を自分で再構築できるように？　今まで書いた本はこの二つの手法を使って書いた。今までしなかった、むしろするべきというか、したくてもできなかったことがある。それは変化していく私の視点（ポワン・ドゥ・ヴュ）を揺るぎのない土台として築き、その上に小説の全構築を置く。そして可能な限り、言葉、行動や風景を足して小説を発展させ、見解（ポワン・ドゥ・ヴュ）と共存させていくのだ。断片的ではなく、かといって空想ではなく、自然な流れに沿った普通の人生のように書いていくのだ。

例えばニースの風景とそこで起きた本当の出来事や言われたこと。まさにそこで思ったこと。私は覚えている。覚えていることを知っているのだ。私の視点はそこにある。例えばある日、ある丘の上である会話の最中に覚（さと）ったこと。それらは私が歩んできた人生の流れに沿って書かれるべきなのだ。そうでなければ正しくない。本物ではない。

真実をありのままに書くのは難しいし、つらいことだ。想像で補いもせず、あるいは記憶の断片を並べるのでもなく、当時は見えなかったことを自然に小説の枠組みに取り入れ、流れるようにスムーズに混乱なく展開していくなんて大変なことだ。事実を再構築するのだ。

さまざまな視点を、何か流れるものの感覚へと落とし込むことができなければならない。私には欠けていた身体や感知能力というものも、そこには必要となる。見解（ポワン・ドゥ・ヴュ）は一生をかけて変化し、時と共に完成度を増し、洗練されていく。例えば今回の父のランス初訪問がそうだった。母はサロンにベッドを設えていた。その時は、だ。最初の訪問の時は。少なくとも私はそう思っていた。だが、父はホテルに泊まったのではなかっただろうか？　サロンのベッドが使われなかったのは次の訪問時だっただろうか。いや、違う。もしかすると一晩はうちで、次の晩はホテルに泊まったのかもしれない。そうだったと思う。どこのホテルで？　エルロン広場のラ・ペーホテルか？　それとも道の向こう側にあるクリスタルホテルだっただろうか？　最初の晩はうちに泊まって、二日目はラ・ペーホテルかクリスタルホテルだったか……私はクリスタルホテルとレストラン・クリスタルを間違えてはいないだろうか。レストランの方は一、二度ほど父と行ったことがある。いや、レストランに行ったのは別の人とで、もっと後のことかもしれない。一緒に行ったのはホテル・クリスタルに宿泊した恋人のピエールだったかも。そうかもしれない。こういうことは重要だろうか。もちろん。流れを、事実を再構築するには必要なことだ。レストラン・クリスタルは暖かい色使いの広々とした店だった。木をふんだんに使った設えで、ホテルと共有している中庭に面した窓があった。私たちはその窓際の席で昼食を取り、父は料理を待つ間、私との間に『ル・モンド』紙を広げて読んだのだった。

母が仕事から帰宅し、ソファにぐったりと腰掛ける。父は夕食は外で取ろうと提案し、母はサロンにベッドの準備をした。

私たちはコンチネンタルホテルに食事に出かけた。行ったのはもしかするとラ・ペーホテルのレストランだったかもしれない。レストランの一角にはバードケージが設えてあり、色とりどりの小鳥たちの歌声を聞くことができた。壁は明るい青だった。二人は生牡蠣を食べた。私は初めてスモーク・サーモンを食べた。

翌朝、サロンのベッドには父が眠った形跡はなかった。浴室の方から水の音がして、母が部屋を横切ってきた。母は私の前で立ち止まると、頬を密かに撫でた。私は泣いていた。

「まあ、いったい、どうしたっていうの？」

「シーツが乱れてないからパパがサロンのソファベッドで寝なかったんだなあ、ってなんだか変な感じがするの。何でもないわ。私ってばかみたい。ごめんなさい」

「あなたにはいろいろと受け入れられないことばかりよね」

「ううん、私がいけないの。泣くなんておかしいよね。自分のパパとママが同じ部屋で眠るなんて普通だよね。まったく当たり前のことなのにね。私、泣いているけど本当はうれしいの。いいことだもん。ちょっと私がおばかなだけなの」

「それじゃあ、また今夜ね。散歩を楽しんでね」と言い残し、母は仕事に行った。

私たちはアミアンまでドライブした。車の中で私は父にジュネーヴの通訳学校について質問をした。父は素晴らしい学校だが難関校だと答えた。私たちは代わり映えのしない平野と曇り空の風景の中、ドライブをしていった。父はコーデュロイのズボンを穿（は）いていた。最初は両手でハンドルを握っていたが、いつの間にか片方の手が私の膝の上に置かれていた。

私は何もなかったかのように振る舞った。何を言うべきか、どうすればいいのかわからなかったからだ。何も言わず、じっと目の前の風景を見つめ続けた。フロントガラスにワイパー……父の手は私の太腿の上を行ったり来たりし続け、徐々に上の方へと移動してきた。私は父の手が今どこにあるのか、意識せずにはいられなかった。私は別段、何も話すことがない時の人のように振る舞った。何も言わない、ということは何もしないということだ。けれども心のうちでは落ち着かずに焦りを感じていた。できることなら、それを声に出したかった。だが、私は、何も起きていないかのように振る舞うことで自分の無力さ加減を隠そうとした。私は父の手がどこに向かっていくのか不安に思った。知らないふりをするにも限界がある。受け入れるふりをするのは嫌だった。一線を越えることがあってはならない。そうなった時に父になんて言っていいのかわからないからだ。私は考えることに集中した。考えろ。そうだ、手の動きに注意するんだ。よし、やることができた。集中。手の動きに集中しよう。今はどこに置かれている？　掌（てのひら）が動いた。指が私のズボンの生地をなぞっている。見逃してはならない。集中。集中。集中。私は取り憑かれたように繰り返した。本当はそんなことをしても無駄だと悟っていた。これから起こることを私はわかっていたし、見当がついていたのだ。私は気持ち悪くなっていた。もし今、何事も起きていないように振る舞える我慢の限界を父が超えてしまったら、何も言えない私には破滅しかない。自分が拒絶できないことはわかっていた。そしてもっと我慢しなければならないかもしれないことも。私の思考はそこで止まってしまい、その先のことを考えることを放棄した。私は、太腿を擦る手は他愛もなく、なんら性的な意味を持っていないかのように振る舞い続けた。なんてことはないじゃないの、と私は自分に言い聞かせたが、だめだった。私は問題から目を逸らすことができなかった。私は父に触ってなんてほしくなかった。

まだ我慢の限界は超えていない、大丈夫、もうすぐ終わる。

でも終わらなかったら？　そうしたら、どうすればいいのかわからなかった。私はできるだけ長い時間、自分が置かれた状況を楽観的に見ようとした。他にやりようがないのは承知のうえだった。私は我慢の限界を何回も先送りにした。さっさと車の外へ出て、歩行者の中にまぎれたかった。

私たちはアミアンの大聖堂の中に入った。ラテン語で表記された言葉を読もうとする私に父は解説してくれ、私は大事にされているような気持ちになった。大聖堂を出てレ・オリヨナージュ水上公園を散歩した後、郊外にある高級レストランでお昼を食べた。給仕長がスモーク・サーモンには生クリームがお勧めですと言ってくれた。

「ありがとう。でもレモンの方が同じくらい好みなの」と私は答えた。

給仕長が行ってしまうと父は私に言った。

「なぜ『同じくらい好みなの』なんて言ったんだい？」

「だって、レモンの方が好きなんだもの」

「だったら『レモンの方が好きです』と言うべきだ。『同じくらい好み』なんて言い方は個性的な言い方をしようとして失敗する凡人の言い回しだ。ばかばかしい。『私は自分の主張を変えません（ジュ・シーニュ・エ・ペルシスト）』という紋切型を使うくせに自分が独創的な文章を書いたつもりになっているジャーナリストみたいだ。もし僕がジャーナリストだったら……」と父はペンを持っているように手を振り上げながら繰り返した。

「もし僕がジャーナリストだったら……『変えない（ペルシスト）、まる』の一語でおしまいだ。それこそが独創性というものだね」とテーブルクロスの上に手を振り下ろしながら言った。

　車のドアは重々しい音を立てて閉まった。車内にいると、外とは切り離された場所にいるような気分になった。ダッシュボードにカセットテープがたくさんあったので、私はかけていいか父に尋ね、アルビノーニのアダージョのカセットテープを機械のスロットに入れた。座席にゆったりと体を預け、頭をヘッドレストに乗せると父が訊いた。

「疲れたのかい？　僕の膝に頭を乗せて横になりたいかい？」

「いいえ、大丈夫。これで十分よ」

「肩に頭を持たせかけてもいいんだよ」

「いいえ、ありがとう。大丈夫だから」

父はそれ以上、何も言わなかった。

私は内心でほら、『いいえ』と言うだけでよかったじゃない、と思っていた。私は座席に座り、父の手はハンドルの上にある。あの手がまた戻ってくるかもしれない、という思いはあった。私はそれが怖かった。でも態度にはその恐れは出なかった。私は一つのことを考えては別のことを行動に表していた。私が『考えていない』というのは、実際にはいつも何かしら考えていて、熟考する時間がないからだ。私の思考はいつも何かにとらわれていた。常にすべてを警戒していた。休むことなく行為や言葉を警戒し、変化の兆しがないかと窺っていた。起きてしまったことは対処できるが、これから起きることには恐れることしかできない。だから考えないようにした。それ以外できなかった。不可能だ。そんな時間はない。私は判断し、その判定が正しいかを見極め、事態がどこまで進んでいるかを見て、警戒しなければならなかった。私はその時々に応じて絶え間なく、私の見解を状況に合わせる必要があった。対抗する手段がないことに対して私ができるのはただ警戒することだけだ。自分のことを、若い娘でしかない自分のことを意識する暇などない。他にするべきことがあった。それは起きていることを分析し、それ以上の侵略を可能な限り阻むことだ。抵抗手段を考えろ。

それを実行することを想像しろ……。

警戒しても状況は変わらない。触られた。警戒。阻止。現場の掌握。何かされても大したことではないふりをすること。そう、『ふりをする』というのが私の基本行動になった。私は無意識のうちに誰に対しても『ふりをする』ようになった。これは私を取り巻く人間関係すべてに浸透していった。私が父に対して取るべき態度は他の人に父についてどのように語るかを決定づけた。一貫性が必要だからだ。私は人によって気持ちをきっちりと切り替えて対応するなんてできなかった。父とその他の人。父と母。父とヴェロニック。私の態度は一貫していなければならないのだ。全員に対して同じに振る舞う。父に対しても、他の人に対してもだ。だから父に対しても、他の人に対しても一様に、私は彼らの欠点を見ないようにして、彼らの長所だけを心にとめた。そして存在するものを、さもそれがないように、死守する城塞のように積み上げていった。

アルビオーニのアダージョをBGMに、車は森の中を走っていった。膝が解放されて私は気分が上向きになった。けれども父の手は戻ってきた。私は身構えていた。絶対にまたやるとわかっていたから。そうなるだろうと、私は警戒を解かず、ずっと警戒態勢のままでいた。父の手の下で私の脚の筋肉は強張っていた。警戒態勢でいたからといってそれに何の意味があるというのだろう。私は拒むことはできず、状況はまったく変わらなかった。でも行きすぎないよう、度合いを見張るというのはどうだろうか。私は、父の手が私の太腿を撫でまわす、というこの行為が、普通の親子関係を壊してしまうことを恐れていた。この手はもうすぐ離れていく、ハンドルに戻ってくれる。私はそのことにしがみついた。手が離れていくことをゴールにして、そのことにすがりついた。まるで船の上から陸を眺めているかのように、そこに着くことが待ち遠しかった。気を紛らわすためにダッシュボード、地域ごとの道路地図でいっぱいのグローブボックスやカーラジオの青いつまみを見つめた。ウインドウの外は空と溶け合う灰色の平野の景色が後ろへと流れていく。外を眺めると、気持ちが少し落ち着いた。

「あまりきれいな所じゃないのね……」

そう口に出して言いながら、私は心の中で折り合いをつけようとしていた。私はさまざまな仮説を立てた。

仮説その一。この居心地の悪さは自分の経験不足によるもの、ということ。きっと父のこの行為は父娘関係では当たり前のことなのだ。さすがに自分でもこれはあり得ない、無理がありすぎるとすぐに打ち消した。そうではないとわかっていた。でもゼロではないから、と仮説の一つとして挙げてみた。

二つ目の仮説は、この撫でまわし行為が普通の父娘関係を踏みにじる、少なくともその恐れがあるということ。父娘の間でもそういう関係があることは知っていた。私もそこまで初心(うぶ)ではない。父のしたことは無邪気な触れ合いなどではない。人の脚を触るなんて、一個人としても気持ちの悪い行為だと思った。それに不安な気持ちにもさせる。父には憧れていた分、落胆の度合いが激しかった。でも大丈夫だ、これは二つ目の仮説にすぎない。三つ目の考え方。曖昧なままでおくこと。私が感じたことが間違っているのかもしれない。そこまではっきりとしていないし、どうとでも解釈できそうだから。

私はこの三つ目の考え方にすがりついた。その一方で、心の底では、もっと自信を持って振る舞えない自分のことをばかみたい、本当に子どもっぽくて愚かだと後悔していた。

車は平野を進み続けた。私は手が置かれていることなど素知らぬふりをした。ふりをする、別のことを想像する、私自身に嘘をつくことが自分を守るための頼みの綱だった。だから私はそのことに集中した。そうしなければならなかった。

「パパはフランス中のミシュランのガイドブックを持っているの?」

私は警戒を続ける一方で必死に父に話しかけた。父はハンドルに手を戻し、ヴェロニックの親は何をしている人なのか、と尋ねた。

「ワイナリーを持っているの。ヴェロニックは外国語が大好きで、パパに会いたいんですって」

雨が降ってきた。ワイパーに押されるようにフロントガラスの上を雨粒が滑っていく。父は再び手を私の膝の上に置いた。思わず体が強張った。私は警戒態勢に戻った。外は薄暗かった。畑も、靄がかかったような地平線も村もすべて灰色だった。緊張していることを父に知られてしまう、と私はわざと力を抜いた。警戒し、緊張し続けることにも疲れていた私は張りつめていた腿がスキニーパンツの中で弛緩し、座席につくままにした。「パパが気が付きませんように。これがパパの変な気をかきたてませんように」と祈りながら。

「腿で何をやっているんだい？」

「いいえ、別になんでもないわ」

「笑ってくれないか。パパに君のかわいい歯を見せておくれ」

私は父の方を向いて笑ってみせた。

「君は美しい。とても美しい。僕の母も君と同じ大きな黒い瞳だったよ」

「パパはおばあちゃんのことを大好きだったの？」

「小さな子どもだった時はね。もちろんだとも。その後は口うるさくなったけどね」

「あのね、ママはパパといる時は不自然なの。いつもはあんな風ではないのよ。パパといる時は言葉遣いを気にかけたりして、なんか頑張っている感じなの。あれを見ると私、なんだかイライラしちゃって。昨日もそうだった」

「あまりママに厳しくしないでおくれ。とても優しい人なんだ。それに、人に応じて話し方を変えられるというのはむしろ知性の表れなんだよ」

父は車を森のそばに停め、少し散歩しようと言った。私たちは小道に沿って森に入っていった。歩くと父と私のコートの袖が触れ合った。父は木の梢を見上げた。

「ごらん、これはブナの木だよ」と地面から葉を拾い、葉脈を見せた。

「ここが気に入ったかい？　この静けさが好きかい？」

「ええ、好きよ」

「クリスティーヌ……僕は君の名前を言うのが好きだ。僕の心の中は君一人でいっぱいだよ。他の人の場所はもうないくらい」そう言うと唇を重ねてきた。

「口を開いて。もっとだよ」と優しく微笑みながら促した。

「そうじゃないよ。鼻から息をするんだ」と父は少し笑いながらキスを続けた。

ジェラールメーでの口へのキスはさっと唇に触れて離れるくらい短いものだったが、今度のは湿っぽく、やわらかく、ぬめぬめとして、そして長かった。私は顎が濡れるほどの唾液の量に驚いたが、父の気分を害するのが怖くて拭うことができなかった。父は私のコートの中に手を入れ、腰を掴み、引き寄せた。

「ママが待っているわ。早く帰らなくっちゃ」

「明日の朝、早くから国立図書館で仕事があるんだ。だから今夜、僕はホテルの方へ泊まるよ」と父は言った。

ランスに戻るとすぐに母に連絡し、夕食はバードケージのあるレストランで父と一緒に取るからと伝えた。食事の時、父はデザートを食べず、小鳥がうるさくて頭痛がする、部屋に行って暗いところで横になりたいと言い出した。

「先に家に送ってくれる？」

「先にちょっと横にならせてくれ。それともタクシーを呼ぼうか？」

「わかった。パパが大丈夫になるまで待つわ」

父は額に手を当ててくれ、と言った。

「ああ、なんて冷たくて気持ちがいいんだろう」

それから私に横に来て寝るように言った。言うとおりにすると、セーターの中に手を入れて素肌を撫でまわしてきた。その頃の私はまだブラジャーをつけていなかった。

一時間後、父はアパルトマン前の駐車場まで私を送ると車の中でこう言った。

「また僕に会いに来てほしいかい？」

「ええ」

「本当かい？」

「上がってママに会っていかないの？」

私は母に「パパは明日の朝早くに仕事なんですって」と説明する羽目になった。部屋に行こうとすると母が引き留めた。

「もうちょっと一緒にいてくれない？」

「明日の学校の支度をしなくっちゃ」

「なんてことなの。こっちは昨日みんなで決めたとおりに急いで仕事を終えて、家で三人で夕食を取れるよう、買い物を頑張って済ませたのに、最後の最後になって、二人でレストランで食事をするからって電話してきて。こんなこと不愉快だってわかるでしょう？　まあ、ママがパパよりもつまらない人間だってことはわかっているわ。認める。まったくもってそのとおりよ。でもね、私はあなたたちの使用人ではないの。今夜されたことはね、私ね、忘れないわよ」

「ねえ、もう寝に行っていい？　それとも今、話し合わなきゃだめ？」

私は自分の部屋に行き、ドアを閉めた。数分後、ママがノックしてきた。

「はい。なに？」

ママは泣いていた。

「ごめんなさい。最近、体の調子がよくないの。それに今日、職場で嫌なことがあって……。今夜はみんなで楽しく夕飯を取れるかなって楽しみにしていたの。だからちょっと、がっかりしてしまって。それはもういいの。いいのよ。大したことじゃないからもう大丈夫。私たち、もう仲直りできるわよね？　大丈夫よね？　それでそっちは楽しかった？」と母はドア枠にもたれかかりながら言った。

「パパがなんて言ったと思う？　パパのお母さんと同じ目をしている、ですって」

「いいところは全部、彼譲りってことね。またすぐこっちに来るか言っていた？」

「もしかすると今度はパリに行くかも、って」


私と母の部屋は隣り合わせにあり、「大好きだよ」の印にいつも間の壁を三回ノックする習慣があった。今夜もいつものように合図をすると、母はノックを返してくれた。私は電気を消してベッドに入った。でも眠ることはできなかった。今日のことを思い返しては自分のしてしまった誤った行動を数えていたのだ。父はタクシーを呼ぶと申し出たのに私は待つと言ってしまった。手を額に当ててくれ、と言われて従ったのはいい。私は悪くない。でもその後、横に寝ろと言われて従ったのはまずかった。はっきりと断るべきだった。私のやっていることはちぐはぐだ。普通の父娘関係を持ちたいと父にはっきり理解させたかったのならば、私はああするべきではなかった。私はするべきでなかった今日の行動を思い返しては後悔し続けた。その時々には「やってはいけない」とわかっていた。それなのに、まるで頭の中に罪悪感の靄がかかっていたかのように判断できなかったのだ。

私は、自分が抵抗もできない、誰かにいいようにされるがままの受け身人間であると認めたくなかった。それよりも、すべてが自己責任だと自分の中に罪悪感を積み上げ、自分の行動次第では今夜の流れを変えることができたのに、と思うことを選んだ。

これが母に「大好き」の合図をした後、現実を回避するために私が考えたことだった。本当は父のしたことが何を意味するのか私はわかっていた。けれども私は、自分が自己を持ち、間違いを犯すがきちんと過ちを認め、眠りにつく前にそれを後悔する人間なのだと思う方を選んだ。

次の日、学校の休み時間にヴェロニックと私はこれから就きたい職業、習いたい外国語や親のことなどを話題におしゃべりに興じた。ヴェロニックがうちのパパは歌手のジャック・ブレルに似ているのよ、と言ったので、私たちの話はブレルのようなルックスと魅力についてどう思うか、という話題に移っていった。

「それでクリスティーヌのパパはどんな感じなの？」

「中肉中背で茶色い髪をしている。あ、髪はうなじにかかるくらいの長さだよ」

「本はもうすぐ出るの？」

「うーん、すぐじゃないと思う。結構、時間がかかるんだよ。仮説をぜんぶ確認したりとか。わかるでしょ？　今度カルカッソンヌに墓標の表記を確認しに行くんだって。もしかすると一緒に連れていってくれるかもしれない。それからカタロニア文学についての本も準備しているし」

「素敵なパパがいてうらやましいわ。ぜひ会ってみたいわ」

「来週、こっちに帰ってくるからその時、会わせてあげるよ」

それから話はもうじきやってくるヴェロニックのお誕生日会のことに移った。誰を招待するか、私は彼女が挙げる名前に聞き入った。

「ファビエンヌでしょ……」

「うっそ、ファビエンヌなんて呼んじゃだめよ」

　赤毛で色白、首におできがあるうえ、教師が出席を取るたびにみんながばかにする名前のファビエンヌ（そら豆）はクラスのいじめられっ子だった。

「あら、呼ぶわ。でも、からかうためよ」

　ヴェロニックは自分の家のそばにある森に皆で行ってファビエンヌだけを置いて帰り、ファビエンヌが怯えて泣く、という計画を打ち明けた。ね、面白いでしょ？


　次の週末、父が放課後に迎えに来てくれた。ゴディオ広場の駐車場で待ち合わせをしたが、私は本当は学校の門まで来てほしかった。みんなに父を見てもらいたかったのだ。広場に白のDS（デーエス）がなかったので、私は父が来なかったのかと怯えた。失望をこらえながら広場を一周すると、シトロエンのCX（セーイックス）〔当時出たばかりの高級車。DSの後続車〕の運転席にいる父を見つけた。父は肘をウィンドウの外に出し、タバコを吸っていた。

「ヴェロニックを連れてきてもいい？　パパにぜひとも会いたいんですって」私はヴェロニックを探しに学校の門まで走った。

「来て！　パパはゴディオ広場にいるの」と二人を引き合わせた。ヴェロニックは父に挨拶をすると、すぐに帰っていった。

今回、父は家との往復を避けるためにホテルに二部屋取っていた。夕食後、父は私の部屋についてきた。浴室へ入ったかと思うと、下半身を露出させて出てきた。私は男性性器をそれまで見たことはなかった。実際に目にしたものは想像上のそれとは一致しなかった。私はベッドに座っていた。父は隣に座ると勃起とフェラチオという言葉と、それが意味する行為を私に教えた。セーター越しに胸を触りながら私の手を取ってペニスへと導いた。そしてどういう風に愛撫するのか手を上下させてみせた。

私が家に帰ったのは日曜日の晩だった。母は週末中たった一人で過ごしていた。映画を観に行ったという母に尋ねた。

「映画はどうだった？」

「あのね、楽しいわけないでしょう。周りはカップルばかりで私だけばかみたいに一人ぼっちなんだから」

「映画自体はどうだったのよ。よかったの、つまらなかったの？」

「可もなく不可もなく、って感じよ。どっちにしても最近、落ち込んでいるの。ああ、心配しないで。すぐに立ち直るから。それであなたの方はどうだったの？　楽しかった？」

「ええ、とっても」

感情を完璧に殺すのと、事実から目を逸らさないことを同時に行って、現実を捻じ曲げる。これをするには大変な努力が必要だった。現実の切れ端をすべて無視し、無理やりにでも良い側面にだけに光を当てて、嫌なことは忘れたふりをし、自尊心が破壊されないように保たなければならなかった。思い返せば分岐点となった時期がいつだったかわかる。ストラスブールで初めて父と会った時と、ジェラールメーの口へのキスの間の一週間だ。この二つの日付の間に感じた喜びが、ある種の計測単位になった。自分自身にあの時は幸せだった時期だと言い聞かせ、納得させなければならなかった。余計な記憶は覚えておく価値のないくだらないことだと蔑み、記憶からふるい落とすべき屑として扱うべきなのだ。

父は飛行機好きだった。訓練を受け、パイロット免許を取ったほどだ。ル・トゥーケには彼の操縦する小型機で行った。ランスの飛行場に迎えに来た父に、母は安全なのかと何度も念を押した。父が私たちを乗せて飛んでみせると母は安心して帰っていった。父と私はル・トゥーケに向けて飛び立った。私たちの小さな飛行機は赤と白に塗られたプロペラ式の遊覧機だった。モーター音でうるさいキャビンの中、父はブラボーやらデルタやらの航空無線用語を使って管制塔と話していた。私は小型のインスタマチック・カメラでたくさん写真を撮った。天気もよく、幾何学模様のような畑が眼下に広がっていた。飛行機の赤い両翼が青い空から浮き立って見えた。

しばらくすると吐き気がしてきた。気を紛らわそうと外の景色を見るようにしたが限界がきた。

「悪心（ジェ・マール・オ・クール）がする」

「聞こえないよ」

　私はモーター音をかき消すような大きな声で言った。

「お・し・ん・が・す・る……」

「どこが悪いって？」

「胸（クール）よ」

「指で指してくれ。わからない」

　私は横隔膜のあたりを擦ってみせた。

「心臓（クール）が痛い（マール）だって？　大変だ……」

「そうじゃないわ。気持ちが悪いだけよ」

「何を言っているのか意味がわからない」

　私はシャトールーでしか通じない言い方なのかと考え込んだ。

「吐きたいの」

「吐き気がするのかい？」

「そうよ」

「じゃあ、ばかみたいな言い方はやめてそう言いなさい。我慢するんだ。この飛行機の借り賃は高いんだ。汚したら大変なんだよ」と父は言い放った。

　着陸した滑走路で私は飛行機の脇でポーズを取る父を写真に撮った。手を飛行機にかけて、少し体を傾け、カメラに笑いかけていた。

ホテルはサン・ジャン通りの繁華街からすぐのパリ通りにあった。海に沿って大きな通りがあった。私たちは海辺に出かけた。砂浜を散歩する女性を見て父はあの腰の振り方にはぞくぞくするよ、と言った。そして彼女から少し離れたところを一人の男性が砂を踏みしめるように力強く歩いているのを私に指し示して、男女の違いは素晴らしい、と感嘆した。

「君は女でいることが好きかい？」

「ええ」

「なぜ好きなんだい？」

私は答えられなかった。論拠も自分の答えの正当性も思いつかなかった。父に説明できなかったのだ。

私たちは立ち止まってランドヨットが風に押されて走るさまを眺めた。ランドヨットに乗っている男性が砂浜を歩いている友人を誘っていた。

「ほら、来いよ。一緒に乗ろうぜ。乗ってみたら気持ちいいから」

誘われている方は手を振って拒んでいた。

「そんなことを言うなよ、本当にすごいから」

「じゃあ、僕を乗せてくれないかい？」と父が叫んだ。

ランドヨットの男性はむっとした顔を父に向けて「おたくを誘ったつもりはない。僕は友人を誘ったんだ」と答えた。

男性が父を拒否した時、私の中では二人の相反する自分がいた。「この男性は自分が断ってどんなに損したかわかってないわ。とてつもなく頭のいい人と知り合う機会だったのに」という私と、「パパったら断られていい気味だわ。ざまあみろ、たまには拒絶されるのもいい経験よ」とせせら笑う私。でもその時、声に出しては「あの人失礼ね。パパを誘うべきだったわ」と言った。

私は父に面と向かって対立することはなかった。いつも父の考えの方が正しいと思い込まされてしまい、決して反対する意見を述べることはしなかった。重要なことでなくても父には異を唱えることはせず、私は自分の意見は自分の中だけに留めた。一人の人間として父の前に立つことが怖かった。自分の視点を踏みつぶされそうで怖かったのだ。私は父とは違う思考をするんだと主張する勇気をいつまでも持てなかった。

パリ通りとサン・ジャン通りの角に人気のカフェがあった。私たちは窓際に座った。父は店の壁際で食事をする男性二人を示した。

「あの男性二人を見てごらん」

「ええ」

「二人は恋人同士だよ。男同士がどう愛し合うか知っているかい?」

「いいえ」

「一方がペニスを相手のアナルに挿入するんだ。僕も一回だけ男同士で行為をしそうになったことがあるよ。初めて会った男とトレーラーでしよう、ってことになってね。でも僕はちゃんと行ったんだが待ちぼうけを食らったんだ。残念だったよ、そんなチャンスは二度とこなかったからね。この手のことは体験しておくことが大事なんだ。経験したこともない奴があれこれ言うもんじゃない」

その日は天気がよかったので、通りはカップルや家族連れなどの散歩する人たちでいっぱいだった。私は父に少し歩きたいと言った。

「少しぶらぶらしない?」

「ああいう飛行機を操縦するのはとても疲れるんだ。少し休ませてくれないか」

私はベッドに横たわり、本を読んでいた。部屋には陽がいっぱいに差し込んでいた。ノックが聞こえたのでドアを開けると父が立っていた。

「出かけるの?」

父は私の手を取ると自分の胸に当てた。

「君がどれだけ僕の心臓をときめかせるかわかるかい?」

父は部屋に入るとベッドに横たわった。私は町を散歩する時間はあるのだろうか、と考えた。

「鎧戸を少し閉めてこっちにおいで」

セーターの下に手を滑り込ませる父に、なぜこんなことをするのか、と尋ねた。

「君のことを愛しているからだよ、クリスティーヌ。微笑んでおくれよ、ね？」と父はささやくと私の唇を口で挟み込み、噛みしだいた。顎に唾液がしたたり落ちた。父は私のズボンのファスナーを開けるとそのまま下着ごと引き下ろした。私は腰まで下半身をむき出しにされた。

「君はきれいだよ」と言いながら父は私の脚の間に頭を入れてきた。想像もしたことがない状況に私は動揺した。父は私の性器の形や色、匂いをいちいち言葉にしながら撫でまわした。

「へんなの、なんだか性器が汗をかいてきたみたい」

「汗じゃないよ。僕のことを愛しているという印だよ」と今度はどんな味がするのかな、と言いながら膣に指を一本入れた。指はするっと沈んでいった。

「女性を欲しいと思う男性が何時間もの間、それを我慢するのは大変なんだよ。早く解放されたいのに。僕の性器をごらん。わかるかい？　触って。触ってくれるだろう？」

私たちの関係を疑わしく思っているような、あるいは驚いているような眼差しをホテルの従業員からあからさまに向けられることはなかった。私たちはカジノの映画館に行ってテレンス・ヒル主演の『ミスター・ノーボディ』を観た。父は気に入ったようだった。その後、父はカジノのゲーム場へと消えていった。映画館には入れても、ゲーム場は未成年者入場禁止なので、私はきらびやかな大ホールで父を待った。私くらいの年齢でたった一人で長椅子(バンケット)に座っている子なんて他に誰一人いなかった。

明くる日、私たちは松林を散歩した。ところどころに豪華な別荘が建っていた。別荘の前を通るたび、父は全体を眺めては価格評価を口にし、自分の本の販売数に換算しては「いくらいくら売れたら買えるなあ」などと冗談を言った。私は楽しくなって笑いながら次の別荘へと走っていった。

「じゃあ、こっちのは?」

「こっちのはね……とってもきれいだね」

その後に行ったレストランでのことだ。父はテーブルの下で私の爪先をつついて注意をひくと、じっと見つめて言った。

「勃起しているんだ」

「私の人生がめちゃめちゃになっちゃうよ……」

「そんなことはない。君を愛している男となら心配はまったくない」

「なんでそう言い切れるの？」

「時間の節約になるよ。だってね、女はいつも嘆いているんだ、男がちゃんと愛してくれないってね。大多数の男は女を大事にしない。正しい性行為の仕方を知らないんだ。女がしてほしいことをわかっていない。君はいい体験ができる。比較の基準ができるんだ」

「じゃあ、なんでみんな危ないことだって言うの？　どうして禁じられているの？」

「昔から禁じられていたわけではないんだ。文化的に発展していた社会ではむしろ優位性や上位性の印だったくらいだ。古代エジプトでは自分の娘と結婚できるのはファラオだけが持つ特権だった。特定の文明においては上位貴族に所属しているという証(あかし)でもあったんだよ」

「だけど私たちはその文明の時代に生きているわけじゃないでしょ？」


ル・トゥーケでもその他の場所でも私は、幾度となく、父が目を覚まし、いとおしげに隣にいる私の顔を見る瞬間を目にすることになった。ある種の愛は確かにあったのだと思う。すべてを父から洗脳(マニピュレ)されたせいにはできない。そんなに単純なことではないのだ。

母はランスの飛行場に迎えに来てくれた。父は少しだけ母と話すとすぐにストラスブールへと飛び立っていった。

夜、歌手のジルベール・ベコーの番組を母と見た。私たち二人ともがファンだった。番組には同じく歌手のベコーの父親も登場した。

「自分と同じ情熱を持って息子が同じ道を歩んでくれるなんて途轍もなくうれしいでしょうね」

「そうね。でもほら、ベコーのように息子の方が親より出来がいいって場合もあるのよ」

「ママはなんでそんなことを言うの？　私は絶対、パパを超えられないわ」

「先のことなんてわからないでしょう」

「ママはパパがどんなにすごい人なのか、結局のところ、わかってないのよ。外国語を学ぶ難しさや、通訳になるために必要なレベルとか。パパを超えることができるなんて言わないで。無理だから。私はバイリンガルじゃない。ドイツに行ったことなんかない。イギリスにだって。これでどうやってパパよりできるようになれるっていうのよ」

「別のことをするかもしれないでしょう。パパとは違う職種であなたの方がもっとよい結果を残すことだって十分、あり得るでしょう?」

「ママは何にもわかってないのよ。別の職種になんかに就きたくない。私がやりたいのは外国語で、それが好きなの。興味があるのはこの職種なの」

「じゃあ、わかってくれる人に話せばいいわ。また戻ってくるそうだから」

復活祭の休みに母と私はシャトールーへ行った。昔のボーイフレンドのジャン・ピエールの整備工場に寄ると油だらけのつなぎを着た彼がいた。母だけが話をし、ジャン・ピエールも私も、どことなく居心地が悪く、お互いにできるだけ目を合わさないようにした。

明くる日、叔父の家に親族が集まった。誰かが母に仕事はうまくいっているのか、と尋ねた。

「邪魔されてばっかりなのよ」

「あなたならきっとやり遂げられるわよ、ラシェル。頭がいいんですもの」

「あら、クリスティーヌはそうは思っていないのよ。私がばかだと思っているの」

「あなたがばかですって? そんなことあるわけないでしょうに」と親戚たちは私を責める

ような目で見た。まったくもう。今この食卓にパパがいたら本当の知性というものがどういうものか違いがわかっただろうに。
私はぴったりとした赤いワンピースを着て色鮮やかなインドスカーフを首に巻いていた。私は復活祭仕様の鶏や卵やウサギやらのチョコレートでいっぱいのお皿に何度も手を伸ばした。叔母が「まあ、クリスティーヌったら、相変わらずチョコレート好きなのねえ」とあきれるほど食べた。

叔父たちの家から帰る途中、気分が悪くなった私は道端で吐いてしまった。汚れないように母が後ろから髪を束ねて持ってくれた。車の中に戻った時、ふと「今すぐここで、何か訊いてくれさえしたら。なんでもいい、何か言ってくれさえすればパパとの間に起きていることを話せるのに」と強く思った。きっかけなくいきなり話すことは私にはできなかった。

母はランスで友達ができ始めていた。古美術商、保険のセールスマン、インド出身の化学技術者、娘が二人いる母と同じ歳の女性といった、人との付き合いに距離を置いているからランスに来たばかりの人たちだった。化学技術者の男性のことを母は気に入っていたが、自分には若すぎると残念がっていた。彼は三十一歳で母は四十二歳だった。

父からユネスコの仕事でパリにいるから来ないか、と電話があった。私は思い切って言ってみた。

「私、パパとは普通の親子の関係を持ちたい。他の子どもと同じように、普通の父親と子どもの関係に。それがどういうものか知りたいし、そういう関係を経験してみたい。私には必要なとても大切なことなの。パパ、わかってくれるでしょう?」

「もちろんだとも。私たちの間で一番重要なことは別にあるんだ」

私は安堵と喜びのあまり電話口で泣き出してしまった。

「パパが許してくれないかと思っていたわ……」

パリのホテルはリシュリュー通りにあった。ホテルの入り口の幅いっぱいに『オテル・ドゥ・マルト』と書かれた大きなドアマットが敷かれていた。二重扉を通って中に入り、部屋に荷物を置きに行った。父は下のホールで待っていた。私たちはホテルを出て右に曲がり、腕を組んでセーヌ川へ向かって歩いていった。しばらく歩いていると父がいきなり言い出した。

「何をしているか、わかってやっているのかい?」

「え、なに?」

「乳房を僕に押し付けてきているってわかってやっているよね」

「違うわ」

「意識してやっているんだろう？」

「いいえ、まったく違うわ」

「わざとじゃない？」

「誓って違うわ」

「そうか。いずれにしても、君は僕を勃起させたよ」

こういうことがすべて私の脳裏に焼き付いている。歩いている空間の中での自分の大きさ。建物の高さと歩道の幅。ホテルの入り口から通りの端までの五十メートル。今いる空間が広くなったと思ったら急に狭くなった感じがした。私の中のさまざまな感情。パリを自由に歩ける喜びの反動で揺さぶられる恐れと悲しみ。できるだけ長く外にいたいという希望とすべてを正視するべきという強迫観念。


私の部屋には通りに面して二つの大きな窓があった。父は感動した眼差しで私を見ながら、私の性器の入り口をペニスでつついた。私は父の胸に手を置いてそれ以上を拒んだ。

「待って。話を聞いてほしいの」

父は横に転がった。

「挿入してほしくないの。パパに処女を破ってほしくない。わかってくれる？」

「心配しなくてもいいよ。ほんの少し、入るだけだから。もう少しだけいいだろう？　気持ちがいいんだよ」

「絶対に奥に入れないでね。ね？　そうじゃないと大人になって男の子とデートするようになった時に二人で得るものが何もなくなっちゃうから」

「わかっているよ。心配しなくていいよ」

その時私が思ったのは「誤解していたわ。パパは自分勝手ではなくて私の将来のことをちゃんと考えてくれている。自分本位じゃない。私ったらちょっとパパに厳しすぎたわ。もっと信頼しなきゃだめだ。私は間違っていた」ということだった。でも次の瞬間、父は言った。

「君が望まないことは強要しないよ。後でいくらでもする時間があるからね」

私は、父が重要な譲歩をした、私は戦いに勝ったと思ってしまった。このことを自分の勝利だと、同等の立場にいる取引相手と交渉のうえ、勝ち取ったものだと勘違いした。私は自分が巧みに交渉し、上手に立場を守って、自分の将来にとって大切なものを守り通せたと思った。私は自分の体の一部を、私のプライバシーを守り通したことが誇らしかった。父が強引にことを進めなかったのは、万が一、訴えられて、私がメディカルチェックを受けた時を見越した保身のためだとは認めたくなかった。

私の手にした勝利は完全ではなかった。ほんの少し勝っただけ。それはわかっていた。これからも被害を受けるだろう。私は週末中、喉元を両手で絞められているような感じがした。

母が勤めている社会保障局がアムステルダム旅行を開催した。母は私を連れていった。他の参加者は皆カップルで、未成年の参加者は私一人だけだった。旅行中、私は母にあたってばかりいた。青地に花柄のワンピースを着ていたのを覚えている。運河の乗船場で撮った写真を後日母が私に見せながら言った。

「ごらんなさい、ひどいふくれっ面だこと」

写真の私は強張った顔をしていた。太っていて、そして醜かった。

夏休みの間、私は私と同じ歳の女の子がいるドイツ人家族の家に三週間、ホームステイをした。毎日、夕方になると、アパルトマンがある建物の入り口で男の子たちとおしゃべりをした。

シャトールー時代の友達がサン・ジャン・ド・モンへ招待してくれた。彼女の家は海辺に別荘を持っていた。八月の終わりにはロンドンにいる父に会いに行った。ホテルはマーブル・アーチにあり、部屋の窓はハイドパークに面していた。父は現在の恋愛対象である、パリ政治学院に通っているマリアンヌという学生のことを私に語りだした。魅力というものがどういうことかを私に説明するために、父は彼女のほくろを例に挙げた。マリアンヌは体中にほくろがあるのだが、父はいつもは嫌いなほくろがまったく気にならないそうだ。彼女の乳房についても「本当にちっちゃいおっぱいがあんなに素敵だなんて」と言うほどだった。

私たちはシティーに向かう大通り、フリーストリートのステーキハウスで昼食を取った。

「マリアンヌは僕たちの関係に気が付いているんだ」

「どうやって気付けたの？」

「たぶん、僕が君のことを話す様子でだろう」

「パパは彼女が誰かに言うんじゃないかって怖くないの？」

「まったくないね」

「私たちの関係については何か言っていた？」

「いいや。ただ思いやりに満ちた顔で僕に微笑んでくれたよ」

「本当はどんな関係なのかわかっていないのかも」

「マリアンヌはとても頭のいい子なんだ。しかも性的にとても解放されている。口もアナルセックスも拒まないしね。むしろその反対でね。あの子とするのは素晴らしいんだ。彼女はただ楽しむために黒人と寝ることもあるんだよ」

「だけど、それでも彼女がしゃべっちゃったら……」

「否定するよ。断固としてね。『いや、なんてことを言うんだ。まったくもってそんなことはしていません』とね」

父は一部屋しか予約をしていなかった。国外だからかもしれない。部屋に戻るや否や、父は服を脱いだ。

「なぜパパはいつも勃起しているの？　私、男の人の性器が普段はどんななのか知らないわ。勃起していない状態のを見たことがないから」

父は私の子どもっぽい言葉に笑い声をあげた。

「今のを聞いたらうらやましがる女性が大勢いるだろうね。普通は君の言うのと逆だからね。女は求められるのが好きなんだよ。君は恵まれすぎているんだ……」

父は私の割れ目が自分の顔の前に、そして私の口が父の性器のところに来るように、私に足を枕の方に、頭をベッドの下の方へ向けて自分の上に寝るように言った。

「もう少し下だ。そうだ、そこだ。今度は僕を咥えて。もっと深く。歯を立てないように気をつけてくれ。ああ、いい」

夕食はソーホーのイタリア料理店で取った。店の入り口は美しい青で塗られていた。

「今度、パパの子どもたちに会える？」

「残念ながら普通の小学生は君のように頭がよくないんだよ。アントワーヌはギリギリ第六学年に進級できたが、ルールーの方は落第したんだ。母親がすごく心配していてね」

「それで会えないの？」

「アストリッドは君に会わせることで二人が動揺して学業に悪い影響を及ぼすのではと恐れているようなんだ」

食事の後、父は「食べすぎた、食事の合間に空腹を感じる間がない」と文句を言った。ホテルに戻ると、父はバスルームに閉じこもった。私は窓辺に立ってハイドパークの木々を眺めた。父がいきむのが聞こえた。私は嫌悪した。そのはっきりとした思いを抱いたことに私はまったく後ろめたさを感じなかった。

母が駅まで迎えに来てくれた。

「帰ってこられてうれしいわ。もううんざりだったの」

「ロンドンにがっかりしちゃったの？」

とたんに言おうとしていた言葉が出なくなった。喉の奥に結び目ができて、言葉が通ることを阻む。話したい内容は圧縮されて頭の隅にへばりついたままになった。せめてもの救いは頭の別の部分に入り込んでこないことだ。おかげで学業の方は順調だったし、当時の世相で議論が繰り広げられていた女性の地位、中絶、死刑について興味を持つことができた。

ある日、学校が医師を招き、第三学年〔高校一年〕の生徒を対象に、避妊についての授業を行った。医師は経口避妊薬はメスのラクダの膣に入れる小石と同じ役割を果たすものだと説明した。私はヴェロニックを肘でつついて「ねえ、出ましょう」と誘った。ヴェロニックは肩をすくめて断った。私は講堂を出た。外に出たのは私一人だけだった。

母は食料品をキッチンの脇の棚に入れていた。私はそこにあったチョコクリームクッキー、バタークッキー、ビスコット〔食パンを二度焼きして乾燥させた保存用のパン〕をすべて食べてしまった。私は食べ続けた。止めることができなかった。しまいには、前の日の堅くなったパンをガスコンロの火で焼き、バターを塗って食べた。

父は必ず母が仕事に出かけている時間帯にだけ電話をかけてきた。週末や夜にはかけてこない。電話が鳴った。父だった。二月の休みにイゼールの村に家を借りるという話だった。

帰宅した母は台所に行き、食品棚の中を見て私を非難した。

「ビスコットを一袋全部食べちゃったの？　そこまでお腹が減っていたの？　ちょっとクリスティーヌったら、食べすぎじゃない？　お夕飯、食べられる？　ちゃんとしたもので栄養を摂らないとだめなのよ。今夜はアンディーヴのハム巻きを作ろうと思っていたのに」

私はもう少しで十五歳になるところだった。私の誕生日はちょうど休みの週にあたっていた。父と誕生日を祝えると思って私はうれしかった。初めてのことだったからだ。イゼールに借りた家は山を登る小道から入った袋小路の先にあった。

誕生日当日にはグルノーブルに行った。車を運転しながら父は外の谷を指し、南向き斜面（アドレ）と北向き斜面（ユバック）という言葉を教えてくれた。私はアルビノーニのテープをかけた。私たちは書店で一時間過ごした後、宝石店に行った。私は銀メッキの小さな腕時計を選び、父がそれをプレゼントしてくれた。

グルノーブルからの帰り、私は父の膝に頭を乗せて座席に寝そべった。父は片手で運転し、もう一方の手で私の尻を撫でまわしていた。私たちはミシュランのガイドブックが推奨している村に寄り、雪が積もったスレート屋根を見物した。食料品店で買い物を済ませてから見学しに行った教会には誰もいなかった。父は私に告解室に行こう、そこでしゃぶってくれ、と言った。帰りの車の中、私は思い切って父に言った。

「ああいうことは自分の父親とするべきじゃないと思うの。これから先のことが不安なの」

「大丈夫だよ」

「パパはいつもそう言うけど、パパの思うとおりにならなかったら？」

「心配しなくていいよ」

私は買ってきたものを台所に片づけた。父はトイレに入っていたが、入ったまま、みかん（クレマンティーヌ）を持ってきてくれ、と言ってきた。言われたまま、持っていくと、父は全裸で便座に腰掛けていた。みかんを剥いて房を自分の勃起したペニスの上に置くと「みかんの房ごと口に含んで」と言った。脚の間にひざまずいて言われたとおりにすると、父は私の乳房に触れられるよう、Tシャツを脱がせた。行為の間、父は陽気に笑ったかと思うと、うっとりとした表情を浮かべた。

父の部屋は庭に、私の部屋は袋小路に面していた。夜になると父は私の部屋にやってきた。ベッドの中でぴったりと寄り添うと、ネグリジェを腰までたくし上げた。

「眠いの」

「君が欲しい」

父は私に覆いかぶさると性器で私の膣の入り口を繰り返しつついた。

「嫌よ」

「じゃあ、シーツの中に潜ってくれ」

父は私の口に射精した。私はトイレに行って精液を吐き出すと、もう一度寝ようとした。

私は父にされたことについて、考えないようにした。やりたくないけど、やらなければならない仕事を終えた時のように。そしてまたこれが繰り返されるということは気が付かないふりをした。今回は口淫をさせられた。じゃあ、次は？

私は父と二人きりで一週間ずっと過ごした。時折レストランで食事をする以外、絶えることなく、こんな日が毎日、続いた。

この休暇中に私が撮った父の写真がある。ぴったりとしたシェットランド編みの明るい茶色のセーターを着た父は、日の当たる庭でカメラに向かって微笑んでいる。

ヴェロニックはこの休暇中、両親とお兄さんとでプラーニュに行っていた。スキーを楽しんだと言う。

「それであなたの方は？　お父さんとどこに行ったの？」

「イゼールの村よ。私のお誕生日にはグルノーブルに行ったの」と時計を嵌めた腕を上げてヴェロニックに見せた。と、その時、急に感情が揺さぶられた。

「ねえ、ヴェロニック、あなたは私の一番の友達なの」ヴェロニックは何も答えなかった。

「これからもずっとこういう関係でいたい。大人になってからも、二十年後も会っていたい。就職してからも、子どもを持つようになってからも」

「……」

「あなたはどう？　そうなったらいいと思わない？」

「私、二十年後に自分がどうなっているかなんて、想像がつかない……」

ヴェロニックの反応を見て、その時、自分がどう思ったかは正確に覚えていない。ただ、不快な思いが湧いてきて、それをすぐに追いやったことは確かだ。

週末は母とよく出かけた。土曜日は母のお友達グループと一緒にランスの山の上にあるフォードヴェルジーのブナの森に、日曜日は市の映画図書館の上映会に行った。

ある時、母の社会保障局の上司とその息子にばったり会った。母が以前話していたとおり、男の子は背が高く、すらっとしていて、髪が長かった。学業優秀な彼は両親からパリ政治学院に進学することを期待されていたが、彼自身は英語教師になりたがっていた。

復活祭の休暇になると、父は「妻と子どもたちはヴァカンスでいなくなるから」と私をストラスブールに呼び寄せた。私が家に着くと父はアパルトマンを見せて回った。あるドアを微笑みながら開けると「ここが夫婦の寝室さ」と言った。部屋はオランジュリー公園に面していた。続いて九歳の息子の部屋と七歳の娘の部屋に行った。どちらの部屋もベッドは小さく、おもちゃでごちゃごちゃしていたので、私はどっちの部屋を使おうかと悩んだ。幸いサロンにソファベッドがあったので、「ここで寝てもいい?」と父に申し出たが、「家中の戸棚を開けて探したが、シーツが見つからない」と言われてしまった。

日中、私は一人ぼっちで過ごした。どうせ全部読んだり観たりする時間はない、と本とビデオの山を押しやった。私を取り巻くすべてのものが不十分さの色合いにまみれていた。

ある土曜日、目が覚めると父が感嘆の眼差しで私を見ていた。

「君は美しい」

父は私にのしかかってきた。彼の性器が私の股の間で勃起していた。

「とても美しいよ。これからとてもハンサムな男たちを捕まえられるだろう」

もし父の言うとおり、本当に私の顔と体が魅力的だとしても、私はうれしくもなんともなかった。父の言葉にはむしろ、驚きと言いようのない居心地の悪さしか感じなかった。

「うつ伏せになって」と父が命じた。そして私の肛門にワセリンを塗るとささやいた。

「とても気持ちがいいんだよ。力を抜いて」と言うなり性器を突き立てた。痛みに私はもがいた。父はいったん動きを止めた。

「あのね、もう二度とこんな体験をするチャンスは来ないかもしれないんだよ。これが好きじゃない、これをしない男だっているんだ。だからもしかすると君は二度とできないかもしれない。君の夫や愛人はしてくれないかもしれないんだよ」と言いながら、再び挿入した。私が痛いからやめて、と拒むとしぶしぶ抜いた。

私は仰向けになった。すると父は私の脚を広げて性器をまじまじと見つめ、舐め始めた。「妻のここは腐った魚の臭いがするんだよ。だから彼女から舐めてほしいと言われるたびに、そうするのは好きじゃないんだ、と断るんだよ。彼女を傷つけないようにね。舐めるのが嫌いだなんてこと、あるもんか。わかるだろう?」

ある日の昼食後、うれしいことに父が外に行こうと言ってくれた。父が先に外に出たので、私はドアを後ろ手に閉めた。その時になって鍵を家の中に忘れてきたことに気が付いた父は私を罵った。

「自分の家でもないのにドアを閉めるとはずうずうしいにもほどがある」

私は父に決められた日まで帰れなかった。自分で決められることなど何もなかった。話し相手も、お金も、何もかもがなかった。

「なぜ滞在を切り上げて、家に帰ろうとしなかったんだろう」と自分でも驚いたのはずいぶんと時間がたってからだった。どうしてパパなしで一人で出かけなかったのだろう? 散歩ぐらい行けばよかったのに。外に出かければよかったのに。十五歳になっていたのだから、ちょっとぐらい一人で町中に行ってもなんてことなかったんじゃないか……あれ、でも私、鍵を持っていたっけ？　鍵は渡されていなかった。

滞在最終日、父は私を駅まで送ってきた。

帰りの電車の中で私は今度こそ母にすべてを打ち明けようと決心した。帰路、ずっとそればかり考えていた。窓の外を青い空と田園風景が流れていった。

そうよ、今度こそ！　と私は固く決意した。列車は農地の中をどんどん進み、駅を通過していく。言うべきことは頭の中で整理されている。もうすぐランスに着く。レールが重なり合い、ブレーキが軋んだ音を立てる。もうすぐ列車が止まる。私はコートを着た。ママはすぐそこに来ているはずだわ。待合室かな、それともホームかな。その時、私の中では、もうすぐ母に話せて解放されるのだという喜びと、話せないままで終わってしまうのではないかという恐れという相反する二つの思いがせめぎ合っていた。棚から旅行鞄を下ろし、昇降口へと向かう。降りる準備はできた。心臓がどきどきしている。遠くに母が立っているのが見える。私に気が付いてこっちへ来る。さあ、言わなくっちゃ。ホームに降り立つ。言うのは難しい。ママが思ってもみないことだから。でも言うのよ。

「楽しかった？」

「あんまり」

「何かあったの？」

「大変だったの」

「何が大変だったの？」

「パパ。パパが大変だったの」

「どういうところが？」

「気難しいっていうか」

「ああ、気難しい、ね。わかるわ」

　母の「わかるわ」の一言で私の決意は吹き飛んでいった。準備した言葉は再び喉の結び目の奥へと戻っていく。私は諦めた。

　何も言わないまま部屋に行き、荷物を解いて片づけていると、母が、態度が悪い、なんで家に着いてすぐに自分の部屋に行ってしまうの、と詰ってきた。

「ごめんなさい、ママ。気分が悪いの」と私は泣き出した。

「何か嫌なことがあったの？」

　私は鍵のことを話した。

「パパは自分の家でもないのにドアを閉めるとはずうずうしいにもほどがある、って言ったの。どんなにひどいことを言ったかわかるでしょ？　こんなことをよりによって私に言うなんて」

「行っている間、ずっとそんな感じだったの？」と母が訊くので私はストラスブールでのことを話した。話しているうちに本当に言いたいことにつなげられるのでは、と期待しながら、朝食の後に牛乳を冷蔵庫に戻すのを忘れて、お昼に帰ってきてそれを見た父に怒鳴られたことなどを話した。ああ、ランスの駅に着いた時には話すって決めていたのに。帰りの列車の中でずっと考えていたじゃないの。決心したのに。容易じゃないとはわかっていたけど、こんなにも早くに心が挫けてしまうとは思っていなかった。母に言えたのは「パパと一緒にいるのはママに言っていたほどほんとは素敵じゃないの」という程度になってしまい、本当に言いたいことからは逸れてしまった。私は打ち明けられなかったのだ。

この出来事の後も、稀に打ち明けようという気持ちになるたびに、ほんの些細なことで私の告白の勢いは削がれしまった。ほんの些細なブレーキ、ほんの些細な妨害、ほんの些細な中断が、告白を続けようとする私を阻んだ。

生き残るために私が取れる方法は二つあった。しかしそれは相反する目標を示していたので私はどちらを選ぶべきか迷った。

一つは「話すこと」だ。沈黙を破ること。そのためには話すべき内容を直視し、理解し、頭の中に存在させなければならない。心の中にそれを再現し、浮かび上がる映像に耐えて毎日を生きるのだ。そしてそれらに該当する言葉を見つけて表現しなければならない。

もう一つは「沈黙を守る」だ。こちらを選べば頭の中に映像がよみがえることもなく、何もなかったふりを続けられる。そう、何をされているのかわからない、怖い思いをしていない、不安に体をゆだねていないふり。台無しになった人生はまだ想像の中にとどまり、実体していないふり。

どちらの方法を選んでも、私の人生が台無しになる可能性はある。そのことが私をひどく不安にさせていた。私はこの不安に耐え、管理し、制御しなければならなかった。

「沈黙を守る」という方法を選んだ場合、不安は父と一緒にいる時にされたこと、言われたことなどの具体的なことによって引き起こされる。私はその都度、自分を制御し、守るべき境界を考える必要があるが、これは言い換えればその時だけ集中すればいいということだ。他の時間は頭を空にしていい。そのことに煩(わずら)わされず、あるいはまったく考えず、何も知ろうとせずに過ごせるのだ。

私にはこの二つの解決策から選ぶことができた。話すか、沈黙を守るか。だから、私が話そうと勢いづいた時に話を中断するのは禁物だった。私の言うことに耳を傾け、最後まで話させるべきなのだ。さもないと私はもう一方の選択肢にすり替えてしまうから。

母はある男性と付き合いだした。私はその人のことをこれといった理由もなく嫌いだった。ある晩、母はその男性を我が家の夕食に招いた。彼が帰る時になって、母が私に車に忘れた本を取ってきて、と頼んだので一緒に下へ降りた。エレベータの中でその男性に口にキスをされたので、私はうちに帰るなり、母に言いつけた。

「あら、誤解じゃないの？　そんなことをする人じゃないんだけど。親愛のキスじゃなかったの？　ほら、イヴァンはロシア系だから。彼と話してみるわ」

翌日になって母はイヴァンと話し合ったと言った。

「あなたが思うようなことではまったくなかったわ。私が思ったとおり、あなたのことは娘のように思っているんですって。それでロシアでは自分の子どもにキスする時、口にすることがあるので、つい、そうしてしまったって言っていたわ。悪気はなかった、そういう風にとられて悲しい、って。それから『彼女のような小さな女の子に僕は興味がない、って伝えてほしい』とも言っていたわ」

「どっちにしても私はあの人、嫌い」

「あなたがそう思うのはまったくの自由よ。でもね、私にとってイヴァンはとてもいい人なの」

この出来事で私が母に打ち明けようとする意思は薄れてしまった。大丈夫、生き延びるための方法は他にもある。ただ方向性が違いすぎた。

私はまだ父との関係を変えられることに希望を持っていた。普通の関係を築くことはまだできる。お互いの間に同意協定を結べる可能性は実現可能なことのように私には思えた。そういう幻想を私は長い間、抱いていた。そんなことは到底、無理だと現実が突き付けてきても、希望を捨てなかった。私はいつか義理の弟と妹に会える未来を信じていた。

その一方で私は冷めていた。父がしたいと思ったことを阻む力は私にはなく、一人では戦えないことはわかっていた。そのことは十分に理解していた。対等に戦えるわけがない。それは不可能だ。できることはせいぜい、父を説得して同意を得ることぐらいだった。それですら難しい。でもやるしかなかった。

わずかな希望。現実を理解している意識とこれからする説得の試み。もしこれで同意協定を結べなかったとしても、私には最後の選択肢が残されていた。

この関係の中で生きること。

それはつまるところ、ありのままの自分を捨てて、別の人間になることを受け入れる、ということだった。これが生き延びるための私の最後の手段だった。この選択肢はいつも頭の隅にあった。交渉が失敗した時、他の方法がうまくいかなかった時、逃げ道がまったくなくなった時の最終手段だ。自分の人生がなくなったことを受け入れること、台無しになった人生を得ながら、それでも生きていく。それは大したことじゃない、と私は自分に言い聞かせた。それにこれは他がうまくいかなかった時の最後の手段だもの。

それでもこれは私が進んで選びたい解決策ではなかった。なぜならこれは絶望の解決策だからだ。それでも自殺よりましだ。死ぬわけではない。ただ、自分と自分の将来に対して抱いていた見解が根本的に変わってしまうだけだ。それにこれで終わりというわけではない。自分を取り戻すための時間を稼ぐためにするだけだ。

何があっても手放せない希望。父の意思を一人では阻めないとわかっている意識。絶望の解決策。

私はこの三つの間をさまよい続けていた。

第二学年次以降のノートルダム女学院の生徒は、協定を結んでいる共学のジャン二十三世高校に進級することになっていた。授業が午前だけの土曜日になると、高校の校門前はスクーターに腰掛けた彼女待ちやナンパ目的の男の子たちでいっぱいになった。私は彼らの誰か一人に声をかけてもらいたいという淡い期待を抱いていた。その一方で理由もなくそんなことはあり得ない、とも思っていた。親友のヴェロニックは別の女の子と仲良くなり、私から離れていった。私は二人の間に割って入ることもできず、二人が男の子の名前を言い合いながらくすくす笑い合うのを離れたところで眺めているしかなかった。私はファビエンヌに八つ当たりをした。彼女は学校が変わってもクラスのスケープゴートだった。

私は女性として自分が劣っていると感じていた。それは女らしさの成熟度の問題ではなかった。単なるデートをする同世代の女の子たちも、性的関係を含めたすべての面で男性と対等の関係を結べる大人の女性たちも、等しく私の劣等感をかきたてた。

私は母の友人グループにいたインド人の化学技術者のマルクと関係を持った。彼は三十一歳で私は十六歳だった。

ベッドに横たわり、裸になった私たちの上で、ブラインドから漏れてくる日差しが躍っていた。

「したことはある？」と訊かれて、私ははっきりと答えられなかった。それがおかしかったらしく、重ねて訊かれた。

「わからないってこと？」

「いずれにしても、私は処女よ」とだけ答えた。

彼の手が全身をまんべんなく触れていくと尻と胸で止まり、こね回した。

「入れられたことはある？」

「膣の中はまだ」

「同じ歳の男の子と？」

「いいえ、もっと年上」

「それで挿入されなかったって？」

「うん、しないで、ってお願いしたの」

「今から指を一本入れるよ。怖がらないで、ゆっくり入れるから。ああ、なんてきついんだ。痛くないかい？」

「ぜんぜん」

彼の性器が入ってきた。私は一瞬だけ痛みを感じた。


ある日、クラスメートがダンスパーティーを開いた。パーティー会場は壁際に豪華なベンチシートが置かれ、やわらかいライトの光と二種類の色違いのスポットライトで照らされていた。私はダンスに誘ってもらえるかと期待した。同じ歳の男の子が私に惹かれる、という場面に憧れていたのだ。十六、七歳になったあの頃、私が男性に感じる嫌悪感は、父による近親姦が原因かも、という考えがやっと私の頭に浮かび始めていた。


パーティーの一週間後の週末に私は父とパリで会った。父は東駅に迎えに来てくれた。車に乗ると、私は切り出した。

「ねえ、今週末は普通に過ごせないかな？　できるかどうか、一回だけでも試してみたいの」

「もちろん、いいとも」

私は父の言うことを信じてはいなかったが、他にしようがなかった。

私たちはシャンゼリゼ大通りのスカンジナビア料理店で昼食を取った。父は私の前で新聞を広げて読みだした。傍から見れば父と私は他愛もない会話をする子どもと大人にしか見えないだろう。あるいはずっと一緒に住んで大事に愛されて育てられた女の子にしか。私が自分はないがしろにされていると感じているなんて思いもしないだろう。

「あのね、パパ、私、眼鏡をかけなきゃいけないの」

父は新聞を下ろすと、愛しげに私を見ながら言った。

「ああ、クリストゥー、僕のせいだ。僕に似たせいだよ」

「パパのせいじゃないわ。ママだって眼鏡をかけているもの」

車に戻ると、父はすぐに私の股の間に手を差し込んできた。

「パパ、約束を守って。いつも私の言うとおりにならないんだから」と言うと、父は怒り、手を引き抜いてハンドルに戻すと、エンジンをかけた。

「駅に戻ろう」

「なんですって？　駅に？　嘘でしょう？」

「君から非難される筋合いはない」

「私はただパパが約束を守ってくれないって言っただけよ。これは事実を述べただけでしょ。私は起きたことだけを言ったまでよ」

「君は僕を傷つけたんだ」と父は冷静に言った。声を荒らげることもなく、自分を律していた。冷静にそして無駄なく正確に運転した。車は大通りを抜け、もうすぐローマ通りに着く……。

「送り返すなんて言わないで。お願いだから」と私はすすり泣いた。

「人には感情があるんだ。君はそれを踏みにじったんだ。ああ、泣きやみなさい。小さい子どもじゃあるまいし」

私はアルザス通り側に面したホールの片隅で電車を待った。ホームに面してオレンジ色のプラスチック製の椅子が並んでいた。私はそこにいた。どうしていいかわからず、途方に暮れて座っていた。たった一人で。次の電車まで四時間あった。待つ間に読むものもなく、お金もない。電話すらかけることができなかった。アルザス通りに面している入り口から突風が正面玄関へと抜けていく。この広い駅で親しみが持てる唯一のものは私の足元に置かれた旅行鞄だけだった。私は人にするように鞄に話しかけた。一緒にいてくれてありがとう。私は自分の絶望を打ち明けた。私は不幸なの。もちろん、声には出さなかった。鞄を見つめ、頭の中で言葉を綴った。

この早すぎる帰宅をどう母に説明したのか覚えていない。きっと父の気難しさのせいにしたのだと思う。

父はユネスコでの新しい出張が決まった時に電話をしてきた。

「今度はもう少し時間の余裕があるんだ。この間よりも楽しくパリで過ごすことができるよ」

「私、付き合っている人がいるの。パパに紹介したいのだけど」

「寝たのか」

「ええ。マドラス出身の化学技術者なの」

「黒いのかい？」

「ええ」

「君は愛人市場で黒人は白人より価値が低いとわかっているんだろうね？」に始まり、父は頭脳明晰な人特有の無機質な口調で滔々とその理由を展開していった。父の言葉は私に自分の置かれた現実を再確認させた。


マルクの家に行くにはバスに乗り、人気のない通りを歩かなければならない。誰もいない歩道を歩きながら「私は愛人に会いに行くところなのだ」という言葉を頭の中で繰り返していた。マルクは家で待っていてくれた。ブラインドは下ろされ、部屋はほの暗かった。

部屋に入り、私は腹ばいになった。その時、私の臀部の間をマルクが性器で触れた。私は思わず拒んだ。

「嫌。それは嫌なの」と私はすぐに仰向けになった。マルクは膣に挿入し、私たちは達した。

「マルク、私、あなたに打ち明けたいことがあるの。でも誰にも言わないって約束してほしいの」

「もちろんだとも」

「あのね、あなた、私が父のことを知ったのはつい三年前だって知っているよね」

「知っている」

「それで三年前から近親姦の関係なの」

「ラシェルには、君のママにはそのことを打ち明けたのかい？」

「言えないの」

「君の言った年上の男性というのはパパのこと？」

「ええ」

「それで僕が後ろにいると怖いんだね？　アナルセックスをさせられたのか」

「そうなの」

「君のパパをすぐに止めなくては。君は精神科医のお世話になる羽目になるぞ。そんなことになったらどうするつもりなんだ」

「なんでそんなことを言うの？」

「なぜならこういう関係は君にとってとても危険だからだ」

「それを父に言ってくれる？　私にとって危険で、やめなきゃいけない、って？」

「そうしてほしいなら」

「私、ママに言わなきゃだめよね？」

「言うべきだ」

何年もたってから、翌週の月曜日にはマルクが母に会いに行ったことを知った。彼は母が職場から出てくるのを待って、父が私にしていることを教えたのだった。

その晩、母は私には何も言わなかった。私たちはいつものように夕食を取り、テレビを見てから寝に行った。その夜、子宮頸管の炎症で母は緊急入院した。母についていなければならないので、私はパリに行かれなくなった旨を父に連絡した。その時、ストラスブールに帰る途中、ランスに寄ってくれたら会えるとも伝えた。

「マルクを紹介するわ」と最後に言った。

父とはマルクの家で会った。父はマルクの仕事はどんなものかと尋ねた。私たちは食卓についていた。タミール語で少し話した後にマルクが切り出した。

「あなたがクリスティーヌにしていることをすぐにやめてください。彼女にとって大変危険なことだとあなたはわかっているでしょう?」

「そんなことをあなたに言われる筋合いはないでしょう? 何様のつもりなんです? 私たちの関係を変えたいのなら、クリスティーヌは自分でそう言いますよ、仲介人の必要などまったくない。第一、あなたの年齢の男性と関係を持っているなら、自分で選択ができるということじゃありませんか？　どうです？　私は友好的な気持ちでお宅に来たというのに、いわれもない言いがかりをつけられているんだ」

「私なの……私がマルクに話してほしいって言ったの」

「僕は君が望んだこと以外はしたことはない」

「やめて。そんなことを言うのはやめて。それは嘘よ。嘘だって知っているでしょう？　この間、私を駅に送り返したのはどうしてかわかっているくせに。私はとっても悲しかった」

「僕もだ。だから今日、ここに来たんだ。ストラスブールにまっすぐ帰るかわりに」


ジャン・ジョレス広場にアートシアターがあった。私たちはそこでチャールトン・ヘストン主演の『ソイレント・グリーン』を観に行った。父は私の左に、マルクは右に座った。マルクが私の手を握っているのを見て、父は私の手を取るとズボンの中へ滑り込ませた。そのことに気づいたマルクはズボンのファスナーを下ろし、私の手を性器に巻き付けさせた。

私は自分の考えの甘さを恥じた。私は敗北感と喪失感でいっぱいになり、自分の人生は終わったと思った。希望などもうどこにもない。完敗だ。私は何があろうと生きていくつもりで、その方法を見つけなければ、と思っていた。確かに私が歩むはずだったのとは異なる人生ではあるだろう。それでもこの身体が地上から消え去るまで、すべて自分自身で選び、決められる人生を歩みたかったのだ。自殺なんてしたくない。人生の制御を失い、先には腐りはてた将来しかなく、そして取り返しのつかない運命を生きるしかないとわかっていながら、それでも私はなんとかこの地上で時間を過ごす方法を探しているのだ。

救世主だと思っていたマルクは父に取り込まれてしまった。私にできることはもう、自分の無力さを認めて、ごくわずかだが残っている自由を守るために現実を受け入れることだった。ちょうど自分より力のある権威に戦いを挑んで敗退した人が負けを認めて頭を垂れるように。私の前にもきっと大勢の人が何世紀にもわたって同じような敗北感を味わったに違いない。今夜、私はとうとう自分が底辺まで沈み込んだことを、何度も検討した絶望の解決策がこんな形だったことを受け入れた。それどころか、不安の材料が増えてしまった。これからはマルクも父も怒らせてはいけない。二人とうまく接していく方法を考える必要があった。

映画館を出ると、私たちはほんの少しだけ言葉を交わし、父はストラスブールへと帰っていった。

私はマルクの家に泊まった。ブラインド越しに差し込む光に目が覚め、起きることにした。キッチンにいると、マルクが起きてきて、私の正面に座った。私はマルクの額のあたりを見るたびに居心地の悪い思いをしていた。広くて角ばった額、厳しさを強調する髪型。

「今夜、家に送ってくれる時にママに話してくれる?」

「もちろんだとも」

「だけども、あなたが話す時に二人と同じ部屋にいたくないの」

マルクと母は話し合うふりをした。ママは初めて知ったふり。マルクは初めて伝えるふり。それはまるでクリスマスの夜、サンタがおもちゃをモミの木の下に置くのだと信じている子どもを相手にしているような喜劇だった。私を安心させるために、二人はすべて私が願ったとおりの台本で、私の指示に従って話し合ったかのようなふりをした。

二人は妥当だと思われる時間、キッチンに籠もった。そして母はキッチンから出てきて、私を抱きしめた。

私は父に「もう会いたくない、母に真実を打ち明けた」と書いた手紙を送った。父からの返事はこうだった。

『クリスティーヌ、
僕はいつも君の意思を尊重してきた。したがって今回の決心も受け入れよう。だが、君がお母さんに話してしまったのは、とてもひどいことだ。僕の心臓に君はナイフを突き立てたに等しい。僕はこの傷から立ち直らなければならない。しかしこの失望は君と会えた喜びに等しく、君のことを知ることができたのは大きな幸せだった。だが今は君のことを見損なっていたと思っている。きっと後になったら君がどれだけ僕に対して不当であったか、僕に苦痛を与えたかを理解して悔やむことだろう。

それでも僕は君が幸せになり、人生が君の願うようになることを祈っている。

パパより』

尊属による強姦として告訴することもできたにもかかわらず、母は法的手段を取らなかった。母は子宮頸管の炎症に意識を持っていかれていた。マルクから私と父との関係を教えられたそのすぐ後に悪化し、十日間の入院を余儀なくされた炎症は、私をパリに行かせなかった。何年かたつと、母は自分があの病気に罹ったのは無意識のうちに娘を守るためだったと思い込んでいた。

『近親姦』という言葉は法律上は存在しない。刑法に近親姦に言及する法律はなく、強姦罪の加重情状としてあるのみだ。強姦は犯罪だ。それははっきりしていて、管轄裁判所、刑事裁判所が担当する。時効は事件後、または被害者が成年してから十年と定められている。しかし加害者が血縁関係にあるということで近親姦罪という独立した罪があるわけではない。私は長い間、母が告訴しなかったのはどこか彼女の自尊心がそれを許さなかったからではないか、と思っていた。誰にも頼らず、自分で何とかする。きっと彼女にとってはそれが自分を傷つけた人よりも上に立つ方法だったのだろう。

後になって、ものすごく後になってからのことになるが、私は母が不当な立場に立たされるたびに、弁解したり、自分を守ったりすることを拒絶するのを目にした。母は誰にも何も求めず、密かにページをめくることに平穏を感じているようだった。

このような母の行動は戦争中に起きた出来事と関連があるのではないかと私は考えている。ある時、母のクラスメートが「汚いユダ公め！」と罵られた。子どもだった母は意味が分からず、家に帰って母親に尋ねた。すると私の祖母は担任の先生宛てに抗議の手紙を書き、それを渡すよう、母に持たせた。手紙を渡した日、母は隣の席の子と一言二言話した後、その子が床に落としたペンか何かを拾い上げた。すかさず、担任の先生は母を叱った。「ラシェル・シュヴァルツ。罰として前に来て立ちなさい。壁の方を向いて。自分の友達を罰させようとするなんて！」

母が不当な扱いを受けたり、暴力を受けたりする都度、私は母が神経過敏になり、狂乱ともいえるパニック状態になることに気が付いた。特に私が間に立って「抗議をするべきよ。ママがしないなら私がやるわ！」と電話や手紙を書こうと提案し、解決法やさまざまな考え、使える伝手（つて）を使うなどの反撃の手段を挙げれば挙げるほど母の状態はひどくなった。私はそういう時に、母が不安定な状態になるのはただの偏った自尊心の問題だけではないだろう、何か他にも理由があるはずだと思っていた。

父は三年前から私の養育費として小切手を送っていた。私が母に父との関係を打ち明けた後も、それは続けられた。この支払いは父が自発的に行っているもので、法的強制によるものではない。でもそれは言い換えれば法的判断で定められた額ではないということで、父は自分で支払う金額を決めていたということだ。裁判所の判事だったら、父の収入から算出して私の学業終了まで正当な金額の支払い継続を申し渡しただろう。この件に関しては、私が十八歳になるまでに母は提訴すれば支払金額が見直され、支払いが強制的になることが可能だった。

「そんなことは嫌よ。今までだって私から支払ってほしいなんて一言も言ったことはないのよ。今さら嫌よ。それに今までだって私たち、何とかやってこられたでしょ、ね?」

相手が行政機関であれ、父であれ、母はお願いする立場になるなど問題外だったのだろう。父とのつながりは切れなかった。小切手の送付と時折の短い手紙が届いた。私は返事を書いた。

私が十八歳になった次の月から小切手は途絶えた。父に養育費を請求することも、もはやできない。この方面からの法的手段に訴える可能性は消えた。

私はマルクとの関係は単なるその場しのぎのものだとみなしていた。だからマルクが学校に迎えに来る時は離れたところに車を停めてもらった。年上の男性といるところを私が見られたくないからだった。私はまだ未成年で、一緒にいるのを見られないようにするのは彼のためでもある、ということはすっかりと頭から抜けていた。マルクとは毎週末に会い、二年間、付き合いが続いた。

ベッドでの私の場所は決まっていた。いつも左に寝ていた。マルクは右側に寝た。ある日、私の胸を撫でながらマルクが言った。

「片方の方がもう一方より大きいような気がするんだけど、どうなの？」

「自分ではわからないわ」

「君のお父さんは左側の胸の方を頻繁に揉んでいたに違いないよ。そうだろう？　お父さんはベッドではどっちに寝ていた？　きっと君の右側に寝ることの方が多かったんじゃないの？」

このマルクの指摘は、ごく普通の会話の合間にされた。特に皮肉な口調でもなかった。私は言ったことの意味も、どういうつもりでそんなことを言い出したのかも彼に訊かなかった。そしてどんなに不快な気持ちになったかもマルクに伝えなかった。ただ単にマルクの凡庸さのせいにした。

バカロレアの勉強のために通っていたカーネギー図書館で、私はとてもハンサムな若い男性と知り合いになった。ピエールという名の彼は空軍の体育教師でエヴルーに配属されていた。アルジェリア生まれで、カンヌにワンルームのアパルトマンを買ったばかりだという。彼に誘われて、私は七月にカンヌへと会いに行った。ピエールはイタリアとの国境からエステレルまでの紺碧海岸(コート・ダジュール)を案内してくれた。海岸を見渡す展望台で私はピエールの写真を撮った。すっと通った鼻筋、形のよい顎と眉骨、空の色の目をした彼が髪をなびかせ、青い空から切り出されたように写っている。

アパルトマンには床に直に置かれた大きなマットレスと電話以外、何もなかった。最初の夜、私は悪夢を見た。ワニの口に脚を捕らわれる夢だった。丸のみにされちゃう、と怖くなった私は叫びながら目を覚まし、ピエールにしがみついた。

「大丈夫。僕がここにいるよ。落ち着いて……ね」

「あのね、私ね、今までつらい体験をしてきたの。父から近親姦されていたの。今はもう、大丈夫。全部終わって、父とも会わなくなった。私みたいにすっぱりと抜け出せない人は大勢いると思うけど、でもね……」

「君の父親は下種野郎だ」

ランス大学の法律学部はランス郊外の新興住宅地区にあった。他の新興住宅地区と代わり映えせず、歩道には風に吹かれて紙屑(かみくず)が散乱し、ごみ箱には穴が開き、剝がれてしまった横断歩道の黄色い導流帯が車道で丸まっていた。学部に行く時、私はバスを使った。そして一駅前で降りて、散歩がてら、歩いていくことにしていた。歩道は車道からは低木で仕切られ、もう片側は丘の斜面になっていた。ある日、後ろから誰かが速足で近づいてくるのが聞こえたかと思うと、いきなり、私のお尻を触った。私は息を殺したまま、なんとか大学までたどり着いた。走ったり、後ろを振り向いたりなんて無理だった。まだそいつが後ろにいるのではと怖かったからだ。私はさも遅刻してしまった、というふりをして歩を速め、時計を心配そうに見たりした。

私はいつもそうしていた。何かの「ふり」をして、本当に感じていることを見せないように振る舞った。感情を表したり、あるいは関心を持っているふりをしたりした。本当に激情に駆られた時にはそれを隠すため、戦略で対応した。しかし、その場になってからとっさに思いつく戦略なんて大したものではない。役に立たないとわかっていた。でもこれは条件反射のようにしてしまうことだった。きちんと考えて制御することすらできなかった。

　学部では何人かの学生は教授たちと対等で議論をしていた。男の子が大半だった。議論のテーマは私が聞いたことがないものだった。私は自分がここでうまくやっていくことはできないと確信した。母の同僚が法学部の三年に息子がいるから頼ってもいいと言ってくれていた。その子は図書館で見かけたことがあって、挨拶したことがあった。私は素直にいろいろと尋ねることにした。ある晩、私がバスを待っていると、彼が車で通りかかり、家まで送ってくれた。誘うと彼は家に上がっていった。私たちは愛し合った。また会うかどうかとなった時、彼は言った。

「正直言って、こんなに早く脱いでくれる女の子は見たことないよ」

　これを聞き、私は人に与える印象と本当の自分の差を埋めるのは不可能で、自分が性的行動（セクシャリティ）においてどう振る舞えばよいのかまったくわかっていないのだと悟った。彼にするべき説明があったのかもしれないが、それは私には難しすぎた。

　この後、彼とは何回か学校の廊下ですれ違った。お互い、会釈して通り過ぎた。

　私は自分が平凡で普通、どこにでもいそうな子だと思った。毎月母がくれるお金で私は取り憑かれたかのように服を買った。ちょうどヴェール通りにとても安いブティックができたところだった。母はそんなところではなく、高くてもきれいなものを一点買うべきだ、と忠告した。

私は読書も映画に行くのも好きだった。音楽を聴くのも。でもどちらかというと歌を聴く方が好きだった。新聞を読んでいなかったので政治には疎かった。つまるところ、私は特にこれといって興味を持つものがなかった。人から「何か夢中になっているものはないの?」と訊かれるたびに、何もないわ、と答えていた。私は自分が何をしたいのかさっぱりわからなかった。旅行? 外国で暮らすというのは悪くないかも。私は国際機関で働きたかったので、試験を受けようとは思っていた。父は難関だと言っていたが、もし国際機関の試験に失敗したら公務員試験を受けるつもりだ。あるいは企業内弁護士として働くのでもいい。

学年度末試験には七百人中六位で通った。私は自信を取り戻した。まだピエールと付き合っていたが、関係は少しずつルール化していった。愛し合うのは朝。なぜなら夕食後の平らなお腹じゃない時に裸になるのが嫌だったからだ。私たちは四年間一緒にいたが、最後の頃にはピエールが「君は僕たちの性生活を無機質なものにした」と私を非難するようになり、関係は終わった。

私はピエールとは違うタイプの人に出会いたかった。私とたくさん共通点があって、私の関心の中心にいてくれる人。そして学生がいい。

私は大学のカフェテリアでよく会う国際法専攻で博士論文を書いている学生が気になっていた。笑うと彼の金属的な笑い声はカフェテリアの喧騒を切り裂いた。長髪で金目の彼は俳優のクリント・イーストウッドに少し似ていた。私は彼に対して劣等感を抱いていたが、共通の友人にドミニックという女友達がいたので、カフェテリアで一緒のテーブルになることがあった。ドミニックが自宅で開いたパーティーで会った時は、彼はいきなり着いたばかりの私の手を取り、踊りの輪に引き入れた。くるくると私をターンさせると、引き寄せていきなり口にキスをした。私は彼から離れると「飲みすぎよ」と言って家に帰った。

数年前、私は母の上司の息子に「パリ政治学院について教えてほしいのですが」と電話をしたことがあった。快諾してもらい、彼の家で会うことになった。ものすごい数のレコードを持っていて、一緒に音楽を聴いた。会話はよく弾んだ。家に帰ってから私は母に言った。

「ハンサムじゃなくって残念」

「あら、そんなことないわ。ママはああいうタイプの男の子は好きよ。背が高くってスリムで。それに品があるわ、クロードって」

父の容貌について母はいつもこう言っていた。「あなたのパパはね、当時のハンサムな男性の基準からは外れていたわ」

私はクロードも同じことなのかもしれない、と彼を別の目で見るようになった。

そして、その年が終わる前にいろいろなことが起きた。

あるデモの際、私はエルロン広場に集まる群衆の中で偶然、クロードを見つけた。背を向けていたクロードの肩を叩き、私たちは再会した。クロードはパリ政治学院をやめて、英語の中等教育教員免状（カペス）課程を受けているところだった。私たちは付き合いだした。映画に行ったり、観劇したり、何時間もカフェでおしゃべりをしたりした。私は彼のことを好きなのか、自信がなかった。彼のルックス、立ち居振る舞いや声は好きだった。いつも送ってくれて、アパルトマンまで上がってくることもあった。ある晩、彼はずっと私の方へと寄ってきた。

「君を愛している」

「無責任にそんなことを言ってはいけないわ」

私たちは愛し合った。誰かと大切にしたい関係になると、私は父との間に起きたことを打ち明けるようになっていた。話さずに付き合いを続けるということは決してしなかった。そして話す時は同じ言葉を使った。一度言えたことは繰り返せたのだ。そういった大切な関係の人の中には、知識のある人もない人もいたが、その点はあまり重要ではなかった。「言えるまでに立ち直れた」と思う人がいる一方で、「言わなかったから立ち直れた」と思う人がいたからだ。「言う」という行為は、最初は父に会わなくなるための手段であった。今は通過儀礼になっている。

ドミニックがソルボンヌの社会法科へ入学審査書類を提出した。私も提出した。そして私たちは揃って合格した。友人のジョエルとヴェロニックも合格した。新学期は十月だった。

クロードと私は夏のヴァカンスをギリシャで過ごした。彼は下船した時に写真を撮ってくれた。私はオリーブの樹にもたれかかり、首を少し傾げて微笑んでいた。紫色のTシャツを着た私は痩せ細っていた。襟ぐりから角ばった鎖骨がのぞいて見えていた。


ギリシャ旅行から戻ると、私たちは落ち葉を踏んで遠い未来のことを話しながら散歩をした。こんな風に二人で隣り合って一生歩いていきたいねと言い合った。私たちは結婚することに決め、市役所に行って婚姻の事前公示の手続きをした。結婚式は一月三十日に決まった。

「私は飛び抜けて強靭で完璧にバランスが取れているのね。近親姦にあった。それはそのとおり。けれども私は破壊されなかった。学業もうまくいっている。愛する人にも出会えて、その人と結婚する。近親姦はもう終わったこと。もう振り返らない。私は切り抜けたのよ。もう大丈夫。私ってなんて幸運なのかしら」とその時は思ったのだ。

私は二十二歳になっていた。それまで私はいったい、何人分の人生を生きてきたのだろうか。シャトールーの父なし子、父に会えてうっとりする娘。自分がされていることを誰にも言えない子。そこで私の人生は止まってしまった。でも今は出口を見つけて、人生は再び動きだしたのだ。

再び動きだした？　でもそれはいったい、どの人生なのだろう、十三歳よりも前の人生だろうか。父とのことがなかったら、そうであったような？　私の人生はどこから続いていくのだろう。止まってしまったところから？　そんなことは可能なのだろうか。私は気分がよかった。解放されて自由になった気持ちだった。父に会わないということ。そのことが私の気分をよくしてくれた。この状態はよかった。そしてこれは永久に続いてくれるのだろうか？　あるいは時間がたち、私はまた別の条件下で父に会うことになるのだろうか。私は父に会うことを諦めたのだろうか。いい気持ち。深呼吸できる。私は自由。いい気持ち。けれども一番重要なことが抜けている。私はいつも一番重要なことをしないで済ましてしまう。

授業は十月中旬から始まった。私たちはランスから東駅へ着いた。そこからはメトロと地域急行鉄道網（RER）を乗り継ぐか、リュクサンブール行きのバスになる。

その日は私たちはバスに乗った。最後部のベンチシートに腰掛けてから、ジョエルが言った。

「ねえ、君がなれたらいいなあ、っていう職業は何？」

「ないわね。あなたは？」

「僕はね、映画評論家になれたらなあって思うんだよ。だってさ、すごいじゃん。映画を観るだけなのにお金を払ってもらえるんだぜ。嘘みたいだろう？」

「あんまり現実的じゃないわね。ああいった職業には限られたごくわずかな人しか就けないもの」

結婚式の前の週、私は一睡もできなかった。前日には緊急医療サービスを呼んで睡眠薬を注射してもらった。それでなんとか数時間だけ眠ることができた。起きてからは「今日は私の人生で一番素晴らしい日」と自分に言い聞かせた。

誰かがクロードと私が披露宴のファーストダンスを踊っている写真を撮ってくれた。私は金糸などで模様を縫い取りした絹の白いストラップドレスに白のハイヒール姿、クロードはセルッティのスーツに蝶ネクタイだった。

招待客の大半は友人たちで、家族が数名参加していた。クロードの両親、母とその夫のアンドレ、結婚の証人になってくれた私の一番年若い従妹と私の祖父。

父は私の結婚のことを知っていた。知っていた、と思う。たぶん、私は父が知るべきだと思って手紙にそう書いたと思う。

私の具合が悪くなり始めたのはこのすぐ後だった。眠れなくなり、食べ物を受けつけなくなった。食がとても細くなり、時には一日、リンゴ一個で過ごした。食べ物の箱に書かれたカロリー数を数え、鏡の中の自分の痩せた体を眺めた。朝、パリ行きの列車に乗り、夜、家に帰るまで頑張るのは疲れることだった。パリの駅に到着するたびに「なぜ私はすぐ帰りの列車に乗ってしまわないのかしら？」と自問した。

ある朝、私はホームの端で立ち止まった。

「私、あなたたちと一緒に行かれない」

背が高くがっしりした体格のジョエルが私の前に立ちふさがった。

「今朝もちゃんと起きて列車に乗れた。一番大変なところはちゃんとできたんだ。さあ、一緒に行こう」

私は動かなかった。

「あとちょっとじゃないか。メトロですぐだよ。ほら、行こう。今日も一緒に楽しく過ごそう。帰らなくてよかったって思うよ。だから行こう？」

「私くたびれすぎているの」

私はアルザス通りに面しているホールの片隅のオレンジ色の椅子に腰を下ろし、帰りの列車を待った。そこは七年前に私が旅行鞄に話しかけたのと同じ場所だった。

私は次回の授業には出た。そのあと、一回か二回は出ることができた。その何週間か後、今度は地下のメトロで発作が起きた。

「君の代わりになりたいと思っている奴がどれだけいるかわかっているかい？　年に二十人しか取ってもらえないんだよ。そのうちの一人が君だ。こんな風にやめてしまうなんて考えられないよ」

　ジョエルは私の前から動こうとしなかった。彼は口をゆがめて言った。

「一言忠告させてくれ。もし今、やめてしまったら、来年度は取ってもらえないぞ。そうしたらどうするつもりなんだい？　何もしないで家でじっとしているつもりかい？　よく考えてみろよ、三月、四月、五月。たった三ヵ月乗り切ればいいだけじゃないか。あとちょっとだよ。な、行こう」

「私、まったく眠れてないの。もう連続して四日も一睡もしていないの」

「どうして眠れないのかはわかっているのかい？」

「ええ、なんとなく」


　最初は家にいられるのがうれしかった。サロンの片隅にある大きなクッションの上に腹ばいになって本を読んだり、音楽をかけ、目を閉じて歌詞に聴き入ったりした。そうしているうちに寝入ることができるのではないかと期待していたのだ。ふと、せっかく寝ているのに電話で起こされるかも、という考えが頭の中でぐるぐるし始めた。起き上がって電話のジャックを引き抜く。ついでに玄関のドアがちゃんと施錠されているかを確認する。今も続いているこの、電話のジャックを抜き、玄関のドアがちゃんと閉まっているかを確認する癖と就寝時間や偏食の習慣はこの頃に身についたものだ。

家では何にもしなかった。できなかったのだ。洗濯機の動かし方さえ知らなかった。夕食の買い物は私にとって恐怖だった。私の毎日は一日中、読書をするか、だらだら過ごすかだった。台所に行ってリンゴを取って齧る。ゆっくりと部屋から部屋へと徘徊する。時には声に出して「私は疲れているの……疲れているのよ」と言いながら少し泣いた。

毎日が長かった。朝から晩まで私は喉に何かが詰まっているような感じで過ごした。日が沈む時が一番つらい時間だった。私は夜が来るのを恐れ、いつもクロードが帰宅するのを窓の前で待ちわびた。いつも一緒に買い物に行ったが、私は何を買うべきかわからなかった。私はいつも悩んでいた。おいしいものが食べたいのに太りたくない。サーモン、卵、野菜、魚。デザート。自分が何を欲しいのかがわからなかった。一人でいる時は悩むまでもなかった。なんでも手あたり次第に口に放り込んでいたからだ。私は暴食する時期と何も食べない時期とを行ったり来たりしていた。食べない時は一日にリンゴ一個とか、ゆで卵二個で過ごした。体重は四十一キログラムまで落ちた。

私は自分でも制御不能な行動にたびたび駆られた。ある時はエルロン広場で買ったばかりのロースハムの包みを地面に投げ捨てたことがある。急にお腹が痛くなって、歩道にうずくまったり、一歩も歩けなくなって円柱の後ろに隠れて泣いたりしたこともあった。あるいはアーケードの下で地面に寝そべったりした。食べることも、寝ることもできなくなってしまった。愛の行為もできない。私は生き続けることができなくなった。

一度、クロードが数日間、ランスを離れなければならないことがあった。出かける時に、クロードは玄関口で立ち止まり、私の手を握りしめ、目をじっと見つめながらこう言った。「もし僕に何かあったら、最後の瞬間、君のことを思いながら死んだと思ってくれ」何年もたってから、クロードは毎晩、生きている私に会えないのではと恐れながら帰宅していたと私に打ち明けた。私は自殺しようとは思ったこともなかった。正直、そういう考えがよぎったことはある。しかし、自分は実行に移さないとわかっていた。私は生きたかったからだ。私は疲れていた。悲しくもあった。何も欲しくなかったし、何にも興味を持てなかった。愛の行為でさえしたくなかった。クロードが私の中に入ってくるたび、膣が強張り、痛みをもたらすので中断せざるを得なかった。時々二人で泣いた。こんな私を愛してくれて、我慢してくれるのはクロードしかいないと思った。私の知人の女性たちはまだ人生の伴侶を探している最中で、私はもうすでに見つけた、と内心思い、優越感を覚えていた。その一方でクロードがもっと違っていたらよかったのに、とも思っていた。もっと魅力的ならよかったのに、と。

私たちはよく母とその夫のアンドレの家に慰めてもらいに行った。母の家では食事が延々と続いた。食卓にはたくさんの種類の小皿料理が並べられた。ピューレにケーキ、ビスケットにチーズ。デザートはこれで終わりかと思うとまだ次のがあった。コーヒーと一緒に食べるチョコレートの後に、手つかずの板チョコが出されたかと思うと、ちょっとだけ残っているの、片付けちゃって、とコンポートが出される。ドライフルーツや、母たちがうっかり忘れていたといってはお菓子の箱が出される。私はそれをすべて貪(むさぼ)るように食べた。サロンで寛ぐ時は二手に分かれた。母たちとクロードが一方に座りカードゲームに興じる。ゲームが嫌いな私は部屋の反対側にあるソファに座り、ちびちびと何かを食べ続けながら新聞をめくるか、サロンと台所を行ったり来たりしていた。その時はとてもよいゆうべを過ごせた、と思えるのだ。

しかし明くる日に母が電話をしてくる頃には現実が戻ってくる。

「昨日は眠れたの？」

「ママ、お願いだから訊かないで。いいえ。もちろん、眠れなかったわ」

「困ったわねえ」

「おっしゃるとおりよ」

私は人間的に好感が持てて、信頼している医者にかかった。彼は夜に私がどうなるのか詳しく訊いた後、薬を処方してくれた。自宅の階下にある薬局に行くと、相手をしてくれたのはそこの女主人だった。彼女は処方箋を読むと私をじっと見てこう言った。

「あなたはおいくつなの？」

「二十三歳です」

「うちの庭を耕しにいらっしゃい。やってごらんなさいよ、夜眠れるようになりますよ」

火の塊が喉までこみあげてきた。私は「ああ。これが憎悪というものなのね」と思った。


私に平穏をもたらしてくれる唯一のことはショッピングに行くことだった。何も考えずに済んだ。服を試着する。時々クロードが一緒に来てくれた。試着して見せるたび、彼は販売員と一緒になってコメントしてくれた。販売員たちは皆、クロードのことを愛情深く辛抱強い人ですね、と褒めた。彼女たちは生活の一部、私たちに一息つかせてくれる存在だった。そんなお店の中で、買っても買わなくても何も言われず、何時間でも試着し長居できるお店があった。そこのオーナーは私のことを時折訊いてきた。

「求職活動はうまくいってらっしゃるの？」

「相変わらずだめです」

「でも資格はたくさんお持ちでしょ？」

「経験不足なので……」

「じゃあ、エールフランス航空は？　ご興味ない？　あそこは研修もしっかりしていますよ」

私は職業安定所に登録した。求人情報を読んでは応募を繰り返した。ある時は英仏海峡に面した港町のベルクにある病院で経理担当の募集があったので面接を受けに行った。ここでの生活はどんなものかと想像しながら堤防を歩いた。空は灰色だが海がある。水平線から吹き付ける風がスカートを脚にまとわりつかせる。病院は砂浜に面して建っていた。担当の女性が迎えてくれた。そして面接後、彼女は「もう少しご経験を積んでらしたらよかったのですけど……」と言いながら玄関口まで見送ってくれた。

税務署も社会保障局も地域圏文化局の採用試験もすべて受けた。採用枠が一人の時は私は二番目で、複数名採用の時はぎりぎりで不採用となった。

私は自分の人生に起きていることも、感情はもちろん、他人との関わり方もまったく判断がつかなくなった。自分がなぜこれほど悲惨な人生を歩んでいるかわからなかった。自分に欠けているものは見えた。歩めなかった人生は理解できた。抱えている問題はわかり切っているのに、解決方法がさっぱりだった。私を変えてくれる何か、私の存在の先行きを変えてくれる何かが起きてくれないかと願った。生きている感じがしない。まるで眠っているかのように、生きている実感がない。あたかも麻酔にかかっている時のようだ。私は自分の健康状態を不安に思いながら、なんとか頑張ったが、喉が締め付けられる感じがなくなることはなかった。私は、まだ二十三歳と若い女性なのに、花が咲かないまま萎れてしまった自分を哀れんだ。

睡眠薬を処方してくれた医者は私が近親姦にあっていたことを知っていた。薬を処方してもらってから数週間後の診察の時、私は訊いてみた。

「私は精神分析療法を受けるべきだと思われます？」

「それはとてもいい考えだと思います」医者は紙に名前を書き、私に渡した。

「こちらをどうぞ。とても難しい状況から私を解き放ってくれた人です。素晴らしい人ですよ」

精神分析療法が始まった最初の頃、つらい一夜を過ごした明くる日の朝——日曜日だった——、私は衝動的に父に電話をかけた。女性の声が応じた。

「アンゴです。もしもし？」

「ピエールさんはいらっしゃいますか？」

電話の向こうで大きな声がした。

「パパ、電話！」

私が父の家に電話をするのはこれが初めてだった。

「はい、もしもし」

「クリスティーヌです」

「やあ、元気でやってるかい？」

「どこかから飛び降りたい気分」

「そんな怖いことを言わないでおくれ。何があった？」

「何があったか、ですって？　ちゃんとした生活が送れない。眠れない。金づちで自分の頭を殴りたいわ、そうすればせめて眠れるでしょうに。もうだめ。私、疲れたの。何もできない。勉強もやめなきゃならなかったの。何もできなくなっちゃった。まったくなんにも……」

「なんの勉強をしていたのかも知らないんだが。君に相談されたことがないから」

「ソルボンヌ大学で社会法を勉強していたの。高度研究課程（DEA）にいたわ。修了するのはとても難しくて大変なの。でも私は勉強を続けることができなくて。いつも疲れてばっかりで。今ひどい状態なの。十五キログラムも痩せたわ」

「医者に行くべきだよ」

「行ってないとでも思ってるの？　医者にばっかり行っているわよ。その間、パパはどうなの？　元気でやっている？　素敵な家族といい日曜日を過ごせてる？　みんなご機嫌？　みんなの人生は順調？」

「お願いだから、冷静になってくれ。ご夫君とはうまくいっているのかい？　結婚したんだろう？」

「ええ、彼がいてくれてよかったわ。彼がいなかったらどうしようもないわ」

「あまり長話はできないんだ。みんな何があったのかとこっちを見ている。明日、オフィスの方へ電話をしてもらえるかい？」

「私は今日、パパの家に電話したかったのよ。なぜかっていうと、また一晩、ひどい夜を過ごした後だから。そしてね、それはパパがしたことの結果だってことを知らせたかったからなの」

「ばかなことを言わないでくれ」

「ばかなことですって？　私がばかなことを言っている、ですって？　あなたに言われたくないわよ。私は週に三回も精神分析療法を受けなくちゃならないところまで追い詰められたのよ。つらいわ。とてもつらいわ。診察料も高い。パパは私をひどく傷つけたの。ひどくね。私が言いたかったのはそれだけ。パパに教えたかったのよ、私が死にたいって思っているって。そしてそれはパパのせいだ、ってことをわからせたかったの」

「その手の治療法には気をつけた方がいいよ。万人向けではないし、人と場合によっては重大な損傷（デガ）をもたらすことがある」

「ああ、そうですか。そうよね、私をめちゃくちゃ（デガ）にしたのはパパじゃなくて精神分析療法の方よね！」

　私は受話器を叩きつけて電話を切った。

同じ頃、クロードと私はドミニックの家に食事に招待された。その晩はドミニックと彼女のボーイフレンドの他に、彼らの友人でメゾン・アルフォールで獣医学を勉強している学生が招かれていた。

　彼らの家に着くや否やクロードはこう断った。

「あまり遅くまでいられないんだ。クリスティーヌは最近、早寝なんでね」

「まだよく眠れないでいるの？」

「ええ」

「ヴァカンス・シーズンになればよくなるよ。泳いで、散歩して、食べて、セックスすれば元気になるさ」

　私は皆の期待に応じて同意の印の笑みを顔に貼りつけた。私はいつも女性たちが、性的なことや、またはそれを仄めかすような話題になるたびに、仲間外れにされるような疎外感を味わった。なんだか自分が未熟な小さな女の子になったような気になるのだ。私は自分には性的なものが欠如していて、人生から重要な部分が取り除かれてしまったように思っていた。心の底では決定的な欠如ではなく、いつか取り戻せるのではないかという淡い期待を持ち続けていたが。

　ドミニックはチーズ・フォンデュでもてなしてくれた。テーブルに彼女がフォンデュ鍋を持ってきて座ろうとすると、獣医学部の学生が私の正面の席についていた。夕食の間、どうしてそうなったのかはわからない。私が切り出した話題ではないのは確かだ。獣医学部の学生が精神分析療法をひどくこき下ろし始めた。

「ほんと笑っちゃうよな、あんなのを信じる奴らがいるなんてね」

「人によっては、よい治療法なのかも……」

「そもそも精神科医になるための正規の教育なんて確立していないんだよ。誰でも精神科医って看板を掲げられるのさ。もともと自分に問題があるおかしい奴がなっているんだよ」

「医師の資格を持っている人もいるわ」

「医師国家試験ではね、精神科なんて評価は底辺さ。精神分析医になる奴らなんて、底も底、どん底だよ」

「じゃあ、精神的につらい人たちはどうすればいいわけ？」

「人との出会い。仕事。愛があるじゃないか」

「だけどそれでもだめなら？」

「ああ、ねえ。その人たちが糞のような人生を送っていても僕のせいじゃないさ。そこから抜け出すのに精神分析なんてもんが必要だと思っているなら、絶対に抜け出せないね」

「私、先週から、かかり始めたのよ」

「君ねえ、あんなものが必要だと思っているなら、絶対、治らないよ」

「あんた、自分の母親と寝たことある？」

「……え？　いや、ないけど？」

「あら、だからなのね。だからわからないんだ。私はね、あるわよ。自分の父親と寝たこと」

これを聞いた彼は部屋から出て廊下に行くと、頭を抱え、床に座り込んでしまった。ドミニックのボーイフレンドが宥めに行った。クロードと私はドミニックと少し話をしてから、すぐにお暇した。私たちは笑いながら階段を下りた。

「雰囲気はめちゃくちゃ壊れたわよね。それは確かだわ！」

私たちは家に着くと音楽をかけてソファに寝そべった。映画を観ながらおしゃべりをし、よく笑った。しかし前触れもなく、今夜の出来事が私の脳裏に浮かび上がってきた。自分のしたことや言ったことを思い返しながら私はすすり泣いた。

「それでもつらいわ。あんな風に人に話すのは」

精神分析療法を受けて数週間たってから、私はランス大学の高度研究課程（DEA）に登録した。論文のテーマは『国際法上の人道における罪の引責能力』についてだった。私はある学生に恋をした。相愛の仲になったが、長くは続かなかった。彼には一緒に住んでいる人がいたのだ。私にもクロードがいた。でも私にとってクロードは、愛している人というよりは、彼以外の男性とは一緒にいられない私のハンディキャップを補ってくれる存在だった。私はクロードと別れることを願うようになった。「クロードといると私はだめになる。彼と別れれば、自分の羽を伸ばして飛び立てて、本当に好きな人と一緒になれる。生きることができる」と自分に言い聞かせていた。私は今度こそ人生のスタートを切るのだ、とばかりに、離婚した時に銘々が持っていく物のリストを作っては破棄した。夢を破棄するように。私はクロードと一緒にいることを、彼を失ってしまうことと同じくらい恐れていた。

数カ月前から私は『メロドラグ』という小説を書き始めていた。

ある日曜日の朝、私たちは裸のままベッドに横たわっていた。

「正直なところ、僕たちは夫婦生活の問題を抱えていて、愛し合えなくなっている」とクロードが言い出した。

「それはちょっと大げさじゃないの？　昨日だってあなた、私を愛撫して触ったじゃない。あれは何でもないって言いたいわけ？　あなたは挿入しないと愛し合っていない、というわけね！」

「君を責めているんじゃないんだ。君ができない時があるのは理解している。だけどもそれはもしかすると僕のせいじゃないか、って悩んでしまうんだ。もし僕じゃない誰かとだったら、こんな風にならないんじゃないか、って」

「クロード、あなたの言うとおりね。私たち、夫婦生活の悩みってやつを抱えていることは確かだわ。でもね、全部をそのせいだけにはできないと思うの」

「もう何週間も君は僕が性器を挿入することに耐えられないじゃないか。幸いにも指を入れたり、舐めたりすることはさせてもらえる。かろうじてね。表面的な愛撫もね。でも少しでも僕が先に進もうとするたびに、君は体を引きつらせる。君の全身が強張るのを感じるんだよ。まるで禁止標識が君の体のいたるところでチカチカしているみたいだ」

「今はそういう時期なのよ。ごめんなさい。でもこの状況を我慢できないと言うのなら、この間、一緒にお医者さんのところに行ったのは意味がなかったってことよね。私たちに詳しく説明してくれたでしょ？　私の膣の入り口が炎症を起こして痛みがあるって。お医者さんの説明は無駄だったわけ？　ねえ、言ってたでしょ？　この状態は続かないって。原因は神経性のもので、今は私がストレスを感じているって。それから神経性とは想像上のものという意味ではなく、痛みは現実にある、とも言ったよね」

「君がストレスを感じていない時なんてあるかい？　こんな風になるために僕たちは出会ったのか？　こんな風に生きるために？　問題を解決するため、喜ぶことも楽しいことも二度とない。二人でいるのが心地よいと感じることがもう決してない生活のために？」

「どうしてそんなことを言うの。私たち、幸せじゃない。私はあなたといられて幸せだわ」

「僕もだよ。もしかするとまた元通りになれるかもしれない。君といると笑うことができるって知っている。僕は幸せになれる、心を軽く感じることもできる。でも今の君はイライラしているか疲れているかのどちらかじゃないか。僕は自分が歩くたびに床が軋んで君が目を覚ましてしまうんじゃないか、十分に眠れなくて君の一日が台無しになるんじゃないかっていつも怯えて暮らしているんだ。あるいは何か君を傷つけてしまうことを言ったりやったりしてしまうんじゃないか、ってね」

「私が誰とも一緒に生活できない人間なのはあなたのせいじゃないわ、クロード。父が十三歳の私を真夜中に起こして……」

「君を幸せにするためにできることが何もないなら、僕は我慢できない。そんなの悲しすぎる。もう耐えられないんだ」

「私たち、二人とも不幸よね。抱き合ってキスをして愛撫して、そして話をし始めると、いつも涙で終わってしまう。私も、もう、うんざりしているの。私の性生活はすべてこう。けれどもあなたのは違っていいのに」


次の新学期、クロードはニース大学で教職を得た。私の方はベルギーのブルッへにある欧州大学に入学した。私はこれを機にクロードと別居することにした。休暇はスペインのヴァカンスクラブで一人きりで過ごした。そこでヨットのインストラクターと寝た。私は自分の性生活はとてもうまくいくようになったと思った。

ブルッへでの生活が始まった。大学では二十の異なる国籍の学生百三十人がヨーロッパの国際機関で働くべく、採用試験の準備をしていた。その一方で毎週末はパーティーばかりだった。大勢のカップルが生まれた。毎日曜日、イタリア人の学生が私を迎えに来て、一緒にオーステンデやゼーブリュッヘに散策しに行った。平日は図書館は学生でいっぱいになり、誰もが猛勉強していた。

私は自分の手書き原稿を読み直していた。私は自分が大学で浮いていると感じ始めていた。毎晩、ニースのクロードに電話をしたのもこの頃だ。クロードは二月に会いに来た。私たちが別れる時にお互いが持っていく物のリストを完成させた。ニースに戻るクロードがすっかり帰り支度を終えて挨拶に来た時だった。

「待って。私も一緒に行くわ。どちらにしても私は十分に勉強できてなくて試験に落ちるのはわかっているの。私をランスまで乗せてってくれる？」

「僕はこれから十二時間運転しなきゃならないんだぞ」

「だって通り道じゃない……」

「急いでくれよ」

私は一年分の荷物を数分で片づけた。学長宛ての手紙を急いで書くと、食堂で行きあったカナダ人女子学生に託した。

「この手紙を学長に渡してくれる？　私、フランスに帰るの。本を書いたので出版させたいのよ」

クロードは私をランスまで乗せていってくれた。母が手書き原稿をタイプしてくれた。私はそれを複数の出版社に送った。

私が父と会わなくなって十年がたっていた。私は手紙を書いた。その中で精神状態は改善していること、父が父であることに変わりはなく、とても大切に思っていること。そしていろいろあったが、それでも親子関係を持てればと思う、と綴った。父は快諾の返事をよこした。私たちはランスとストラスブールの中間地点で会うことにした。クロードと母には父が普通の関係を持つことを承諾して、ナンシーで会うことになったと伝えた。二人ともやめておいた方がいいと心配した。私は二人に、大丈夫、私はもう強くなったから、と答えた。

父と待ち合わせをしたカフェは、スタニスラス広場に通じる狭い通りにあった。店は歩道より一段下がった造りだった。私は入り口の真向かいに座った。父が入ってくるのが見えた。

「元気かい？」

「ええ、とても。欧州大学で勉強をしていたの」

「このうえない大学だ。欧州評議会では卒業生が大勢いるよ」

「私は中途退学したの。小説を書いたから」

「素晴らしい。出版社に送るつもりかい？」

「もう送ったわ」

「じゃあ、返事を待っている段階なんだね」

「ええ」

父はホテルに二部屋取っていた。青いプジョーの６０４のバックシートに私の荷物を置くと、助手席のドアを開けてくれた。運転席に収まると父は訊いてきた。

「夫君とはうまくいっているのかい？」

父は危なげなく運転した。いつもどおり。

「彼は今ニースに住んでいるの。別居したの。でも私にとって一番信頼している人であることには変わりないわ。彼のことを全面的に信頼しているの」

「夫婦の間でそう言い切れるのはなかなか珍しいんだよ。なぜ別居したんだい？　もったいない……」

「私が病気になった時にいろいろ大変だったの。それで傷だらけになっちゃって。そのうえ、私は肉体的にあまり官能的じゃないものだから、さらに難しいことになってしまったの」

父は私の方へ顔を向けて言った。

「じゃあ、十五歳の時より二十五歳の方が官能的じゃないんだね」

私は答えなかった。怖くなったのだ。自分がいかに愚かであったか、ナンシーに来るべきではなかったと後悔した。父は私を性の対象にしていた。私は今も昔も自分が関心を払う価値のない子どもとしてしか扱われていないことを再確認した。

父はホテルの受付で部屋の鍵を受け取ると、私の部屋までついてきた。父はとても興奮していた。最初は唇をかすめるように、そしてついばむようにキスを繰り返した。私の太腿と尻を撫でまわしながら愛の言葉をささやいた。そしてアナルに性器の先を挿入してきた。

「怖くないよ。力を抜いて。硬くなりすぎだよ」

「ちょっと待って」

私は仰向けになった。抵抗をせず、両腕を広げた。もういいや。何か理由を見つけるのにはもううんざり。何の足しにもならないし。私は選択をした。そして自らの意思で深みへと沈んでいった。

私はもう何も信じられず、現実に屈した。すべてを明らかにし、決定づける時がきたのだ。守るものも、警戒するべき境界線も、自分の失敗にも、すべてに向き合うことも、もうすべてなくなってほしい。私の恋愛人生はボロボロだった。それはわかっていた。もう手の施しようがなかった。じゃあ、これ以上のダメージがあったところでどうだというの？　度合いの問題にすぎないじゃない。私はもう自分自身に関心を持つことができなかった。自分自身の目から見ても価値を見出せなかった。

私は仰向けに横たわった。失うものはもう何もなくなってしまった。恐れも消えた。私は自分を積極的に否定することでやっと自分の人生に関われるような気がした。夢の中の人生ではなく、ありのままの、現実世界の私の人生に。実際に起きたことの蓄積でできた人生が私に圧しかかってきた。私は今行われている行為を受け入れようと思った。

これを避けるために何年もあがいては敗北を味わった。またそれを味わうくらいなら理性的に受け入れた方がまだましだ。私はもう自分自身にも、自分の人生にも将来にも無関心だった。そのことを悲しいとは思った。私は悲しかった。でもそれすら大したことではないと思えた。なぜなら他にやりようがなく、避けられないことだったのだから。

父に対して反論する論拠を私はもう持っていなかった。探そうともしなかったけど。私は二十六歳の成人女性で、十三年前に身を守ってくれた処女性という論拠を失っていた。

「君は素晴らしいよ、クリストゥー。中で射精はしないから。中に入って、出るだけだ」

父はベッドの上に片膝をつくと性器に手を添え、私の膣に挿入した。奥まで。数秒間のことだったが、私は電気に打たれたような、あるいは剣で体を突き刺されたような感じがした。私は自分が自分でなくなった気がした。虚無の中にいるような、自分を捨て去ったような、自分が死んでいる気分にとらわれた。ああ、私はもう生きるための力を探さなくてもいいんだ。不快ではない。ただ悲しいだけ。心の中の私は泣いていた。でも少なくとも私の敗北は明らかで、議論の余地はなかった。私は人から——自分自身も含めて——もう尊重してもらおうとする義務から解放された。私の人格、私の存在、私のすべて、私の体……これらすべてを守らなくてもよくなった。私の将来も、チャンスも。

「もう抜いてほしいんだけど。射精は嫌よ」

「もう少しだけ入れたままにさせてくれ」

父はさらに数回抜き差しをした。そして私の体からやっと剣が取り除かれた。父は脇に体を横たえた。

「君が恋しかった。とても不幸せだったんだよ、わかるかい」

「私はまともな親子関係が欲しかったの。パパと会わないという選択肢以外、何があったというわけ？　実際、会ったとたんにこうなったんだから」

「君は僕を裏切ったんだ。心臓にナイフを突き刺したんだよ」

「他にやりようがなかったの」

「まあいい、私たちは再会できたんだから。もう別れないよ。ねえ、君は相変わらずパリが好きかい？」

「パリは大好きよ」

「ホテル住まいにはうんざりしたんで十七区に小さなアパルトマンを買ったんだ。もしそうしたいなら使ってもいいよ。だけど使いたい時は余裕をもって知らせておくれ。子どもたちも友達を連れてそこに行くのが好きなんでね。僕自身も頻繁に行っているんだが。そう、来週も行くなあ。ブックフェアがあるからね」

　父の「小さな」七十平米のアパルトマンは、高級住宅街のクルセル通りとカルディネ通りの角に建つオスマン様式の建物の最上階、六階にあった。

　その時のブックフェアの会場はグラン・パレだった。母と彼女の夫のアンドレもその週末、パリに来ていた。私たち四人は会場で偶然、すれ違った。彼らは自分たちが買った本を見せ、私たちも同じようにした。母は大学教授である夫のアンドレと連れ立っているのを父に見られて満足げだった。アンドレと父は笑みを貼り付け、当たり障りのない会話をした。父は首をまっすぐに起こし、肩を後ろに反らしていた。ほんの数分の出来事だった。交差する通路にさしかかり、私たちは左右に分かれた。

「君のお母さんのパートナーはとても感じのいい人だね」

「パートナーじゃなくて、彼女の夫ね。ええ、とても優しい人よ」

「僕たちのことを全部知っているの?」

「ええ」

「僕にとって、こういう風にばったり会った人が僕たちの関係を知っているというのはひどく不愉快なことだ」

「言わずに済ますことなど、できなかったのよ。どちらにせよ、また始まってしまったということは知らないわ」


第一期のこと、つまり十三歳から十六歳の間の強姦については人に話すつもりだった。しかし第二期、つまり父とナンシーで再会してから起きたことについては、そんなつもりはなかった。私は父に手紙を書いてナンシーに行ったことを後悔し、自分を責めていた。起きたことに責任を感じる一方で、父からはまともな関係性を得られなかったことで恥じてもいた。

クロードや母から、自分がいかに愚かであったかということを私は指摘されたくなかった。あるいは、もっとひどい場合には、自分が望んでそういう関係になった、と思われたくなかった。敗北は決定的で、すべては終わってしまった。だから起きたことを一言だって人に言うことにまったく意義を見出せなかった。私には希望はひとかけらも残っていない。私はナンシーで起きてパリでも続いた出来事を終焉とみなし、そして自分自身は死人になった気持ちで現状を眺めていた。

明くる日、父はストラスブールへと帰っていった。

私はもう数日、パリにいる時間があった。帰る時に管理人に鍵を返せばいいことになっていた。私はアパルトマンを分捕り品だとみなし、そして利益を引き出す自分の能力を才能だと思った。私は自分の名前が呼び鈴の上や郵便ボックスに書かれていることと、エレベータの鏡に自分の顔が映ることが、ことのほか気に入った。私は自分の置かれた状況下で物理的な利益を引き出せる自分の器用さが誇らしかった。毎晩、私はクロードに電話をかけた。いくら電話をかけても自分は一銭も払わずに済むということは、私が自分に許した贖いというか復讐のようなものだった。クロードと私の電話の内容は、別居のまま私がニースで暮らせるかを相談するものだった。

アパルトマンのある通りの角に、パン屋があった。私はそこでパンとお菓子を買った。私は食べることをやめられず、食べるものがなくなると不安に駆られるので、絶やさないように十分な量を買った。

一日の終わりにはクルセル通りに面しているバルコニーで肘をつき、私は自分がアパルトマンの持ち主になった気分で向かい側の建物や周りの通り、そして西に沈む太陽を眺めた。

ニースに引っ越したことを機会に、私は日記をつけることを決め、そのために小学生がよく使う雑記帳を購入した。四月に母とアンドレがニースにやってきた。

四月七日（日曜日）

去年の復活祭のことをなかなか思い出せなかったので、日記をつけることを決める。あの時はママとアンドレと一緒に「ラシエット・シャンプノワーズ」で食事をしたのだった。クロードと私は最初の別居生活をやめたところだった。再び一緒に生活するのは簡単じゃなかった。私たちはこの生活が仮のものなのか、一時的なものなのか、ずっと続いていくものなのか、わかっていなかったからだ。

今日は素晴らしい一日を過ごした。サン・ジャン・カップ・フェラで食事をした後、遊覧船に乗って港を一巡りした。黒のタルボに乗ってボーリユまでドライブした。二十七年前、ピエールとママが恋人として過ごした最後の場所だとか。ヴィルフランシュの礼拝堂に行く。ふと、ここに二人も一緒に来たんだ、そしてその時にはママは私を妊娠していたんだと思ったら変な気がした。

アンドレとママが借りたアパルトマンは海に面していた。私たちが港に出入りする船を眺めている間にアンドレがちょっとしたおつまみを作ってくれたので、お腹は空いていなかったがいただいた。今度はいつまた会えるのか決まっていない。きっとずっと先になる。二人を抱きしめて、笑顔で別れを言う。外に出てから、叫んだ。そして泣いた。窒息するような感じがした。本当の意味でのママとの離別だった。もうママと私が同じ町に住むことはない。ママが死んでしまう、いや、もう死んでしまった、私はママを失ってしまったと思った。私はママをとても愛していた。パパへの愛とは違うけど。今夜はパパよりもママが大事。他の日はパパがすべてだけど。

タルボに乗って湾岸地域から帰る。クロードが私を慰めてくれた。夜、愛し合う。ママと切り離されてしまったことが生の欲動をもたらした。クロードと私は初めて男と女としてお互いを認識したかのように愛し合った。

四月八日（月曜日）

祝日で休み。一日をベッドで過ごす。愛の行為と怠惰の重なり合い。新しい時間の過ごし方だ。私の胸の上にクロードのあんなにも美しい指があることの大切さ。なんて美しい指なんだろう。

ママを行かせてしまったことへの償いとして、食べ物の自主規制をしたら、夜になって目が回った。クロードの腕にぶら下がって歩行者天国の道を散歩してピッツアを食べに行った。帰り道でアイスクリームとサブレを食べた。

四月十日（水曜日）

もう何日もパパと、愛しのピエールと会っていない。

クロードの同僚のマリセの家で夕食会。ありとあらゆる面でいけ好かない女。私に興味なんかないくせに、あなたの処女作を出版社が奪い合うに違いないですわ、なんて、よく言うわ。このわざとらしい関心の寄せ方は他の会食者たちに私に対する侮蔑と疑いを持たせる手段にすぎない。食事中、話の流れで私は『人は愛する（パッション）がゆえに人を殺すことって、あると思う。私もそうする』と言ったところ、会食者たちは皆、驚いていた。だって愛の中には憎しみだってあるじゃない？　マリセは『人の愛し方はそれぞれよ』と反論した。

夜中、悪夢を見る。目が覚めると、私の人生は窮屈で生きづらいという感覚にとらわれる。

四月十一日（木曜日）

自分の凡庸さを思い知った。他の人と同じような職を探した方がいいだろう。作家だって？　いったい誰が認めてくれるというのだろう。私は無能な取るに足らない女にすぎない。そのうえ、幸福でもないときた。私は普通に戻りたい。子どもを持って、日曜日はお菓子を焼いて、清潔で居心地のよい家と家族を持つ。クロードにそう言うと『いいや、君には才能がある。芸術家なんだから続けるべきだ。僕は君の才能を信じている。君と違って創造する力がない僕は単なる芸術の消費者にしかなれない。そう自覚して僕は欲求不満でおかしくなりそうになるよ』と答えた。

　クロードは大学教授資格試験（アグレガシオン）の準備をしながら、私の書いたものを出版させよう、私が生活に困らずに作家になれるよう、作家のままでいられるようにと頑張ってくれている。彼の試験が近づいてきた。

　私たちは山の手のモン・ボロンにある小さな家に住んでいる。家は上下二軒の独立した二つのアパルトマンに分かれていた。自由を必要とする私のために、私は白壁で天井が高く、海を見ることができる二階に、クロードは緑豊かな庭に面している一階を選んだ。この家は女流作家が著作権収入で買ったもので、彼女の息子の彫刻家が私たちの大家だ。

四月十二日（金曜日）

世界は私のものだ。私は今日の日記を陶酔感に浸りながら書いている。

今日はモン・ボロンを徒歩で下った。旧港に寄り道した。エステレル国立公園が遠くに見える。

チャリティー・パーティー（グラン・ソワレ）に参加。クロードがヴィルフランシュの港で撮った写真を見せてくれる。幸せそうに笑いながら船の間を歩いている自分の写真が特に気に入った。体重は増えたが顔はすっきりとよい感じだった。

クロードが電話をするために二フラン貸してくれた。五年前に別れたピエールに電話をするためだ。彼と別れたのはクロードに出会ったから。ガリバルディ広場の公衆電話から電話をかけた。私たちは明くる日にニース・エトワール・ショッピングセンターにあるフナック（FNAC）〔文化関連商品と電化製品を主に扱っているフランスの小売りチェーン。コンサートや観劇のチケットも取り扱うほか、定期的にブックフェアや作家・政治家による文化討論会を開催するなど文化発信地としても有名〕の書籍売り場で待ち合わせをした。

クロードに寄り添って寝るけどなかなか眠れない。寒い夜だった。

四月十三日（土曜日）

クロードがショッピングセンターまで車に乗せていってくれる。フナック（FNAC）に行き、昨夜、テレビの文学紹介番組『アポストロフ』で紹介された『ミュニエ神父の日記』が欲しいと店員と話していると、ピエールが現れた。変わっていなかった。短髪でハンサム。彼の容貌は人目をひき、とても目立つ。私たちはフナック（FNAC）を出てレストランを探した。

「サレヤ広場に行こう」

私が注文したエキゾチック・サラダと称されるものはおいしくなかった。けれども、スカートのファスナーを息を止めずに閉めたくて、二キログラムは痩せたかったので、よしとした。

食事をしているうちに緊張が解れてきた。食後に遊歩道のプロムナード・デ・ザングレを歩いた。私は黒の大胆な水着姿の若い女の子が、日光浴をする人々の間を走っていくのを目で追った。

ピエールが運転する車でカンヌに行く。彼が私を家に送ってくれるのは今夜だろうか、明日だろうか？

ジュアン・レ・パンで思い出のレストランの前を通り過ぎる。私が感じたことを言い表せない。動揺？　無関心？　それとも愛の再燃？

海岸沿いのラ・クロワゼット通りを走り、ノワーユ広場を過ぎて、思い出のレストラン、「ラ・トルシュ」で夕食を取った。ここは私たちの家のようなものだった。ピエールは、私と別れてから誰ともここには来ていない、と言った。

レストランを出てアンティーブ通りを歩く時にピエールは私の腕を取りながら、今付き合っているガールフレンドの話をし始めた。どうもうまくいっていないらしい。「僕は恋愛では恵まれていないんだ」と言いながら、手を私の腰に回して引き寄せるので、私は彼と腕を組んだ。私たちは以前のように笑い合った。音楽、思い出、言葉。ロ。キス。

私たちは愛し合った。とてもよかった。けれども、私は自分が美しいとは思えなかった。彼が私の中に入り、私は動揺した。一晩中、眠れなかった。ピエールはずっと私のことを愛していたと言った。たぶん、私もそうだと思う、と答えると彼は幸せそうだった。私の最初の本当に愛する人。でも今はクロードがいる。

四月十四日（日曜日）
ふわふわとした気持ちのままカンヌで朝食。愛。今は何も考えまい。ピエールの新しいアパルトマンのバルコニーから海を眺めた。熱い涙がこみ上げ、私を包み込む。ニースへ行く車の中で、考える。ピエールの思いを知ったこと、彼が絶えず勃起していることは証拠になるのだろうか、愛の証拠に。彼はそうだと言う。一緒に住む？　子どもを作る？　考えているうちに車は家の門の前に着いた。私からまた連絡をすることを決めて別れた。

太陽の下、デッキチェアに座り、ピエールに思いを馳せる。うれしさがこみ上げてくる。体中を何かに貫かれたよう。

十七時。クロードが浜辺から帰ってくる。とても悲しそうな顔で。悲しく、孤独なクロード。欲望の反対だ。私は二人を比べる。クロードとは知的な会話ができる。クロードに捨てられるのは怖い。仕事もお金もなく、価値もない原稿を抱えて捨てられたらどうしようもない。本当の恐怖だ。

クロードの横で寝るのは居心地が悪い。しかも私の脚を彼は自分の脚で挟み込んでいる。お願いだから、セックスはやめて。

四月十五日（月曜日）
冷たいと言っていいような温度のお風呂に入る。書きたい気持ちになる。庭には日が差している。デッキチェアから身をはがすようにして郵便が来ていないか見に行く。何もなし。
クロードのアパルトマンに下りていき、自分のレコードを引き揚げる。同じ建物の上下に住んでいても、お互いに分かち合うものは何もなくなったと示すために。僕は君を熱愛している、永遠に誓う、とクロードは言う。私には重荷でしかない。

一日中、ピエールのことを考える。ちょっとだけ、クロードのことも。父のことも。それから他の男のことも。クリストフのことは一瞬。パトリックは優先順位を下げる。ミッシェルのことは跡形もない。

四月十六日（火曜日）

クロードは試験前休暇を取った。家にいるのがうっとうしい。彼は髭を剃ったが、私は気が付かないふりをした。髭のないクロードはただ醜い。もう一度、髭を生やした方がいいわよ、と後で忠告した。

郵便は一通、父からの手紙だけ。僕たちの愛に君はきちんと向き合っていない、と書いてきた。私からの手紙を受け取った時、さぞ喜んだだろう。郵便事情による遅配があったらしく、死者からの手紙か、と思ったらしい。私が諦めることができない唯一の人、でも諦めなければならない唯一の人。揺るぎない絶望の時間が、私に父と生きることを検討させた。どうせあらかじめ仕組まれていた一目ぼれなんて、もうおしまいだ。

私は海の見える二間のアパルトマンでたった一人だった。孤独な老後？　最後にはそうなるかもしれない。

夕方からロミー・シュナイダー主演の映画をテレビで見始めた。映画が終わる頃にはヒステリーの発作が起きて涙が止まらなくなった。クロードの顔が嫌。いたたまれない雰囲気。
クロードは自分が教えている技術者課程（BTS）の生徒たちに私のことを話したという。まだ出版されていないというのに、生徒たちは本を書いた本物の作家に会えるかもしれない、と興奮していたそうだ。なんだか変な気持ちだ。私が教師の妻——元妻か——なんて。

四月十七日（水曜日）
クロードの傍らで目を覚ます。不穏な目覚め。クロードが苦しんでいる。彼の悩みは深い。この日記は見つからないようにしよう。日々がつらいのに、ペンで苦しみをよみがえらせてはならない。
父から電報が届いた。タンドで落ち合おうと言っている。あんな険しい山の中で会うより、ニースで会う方がいい。父に電話をした。次の金曜日に来ると言う。親子関係などではない、彼の望むとおりの（コピー・コンフォルム）女にならなくちゃ。幸福は存在する権利がある。何が阻むのだろう？

四月十八日（木曜日）
今日はクロードの第一次試験の日。一人、家で過ごす。掃除をする。

四月十九日（金曜日）

浴室の掃除。髪を洗う。読書をしていると十四時にドアをノックする音で中断される。父だ。「とても地中海的な家だね」と言う。着いて早々に愛し合う。私が笑いかけて誘ったと父が言う。気分が悪い。何かが変だ。父としたいのは会話だけで、体なんか欲しいなんて思っていないのに。ピエールやクロードなら欲しい。でも父をがっかりさせたくなくて言い出せない。

私が歌詞を書き、クロードが曲を付けた歌を聴かせる。どうしてもブイヤベースが食べたいと父が言うので夕方、外に行く。

一階のクロードの家の窓から鎧戸越しに明かりが漏れていたので立ち寄る。父はクロードに握手の手を差し伸べながら、とても愛想よく挨拶をした。初対面の挨拶を交わす二人。もう、この人たちはいったい何なのだろう。向かい合わせの三人掛けのソファに一人ずつ座り、間のアームチェアに座った私がまるで存在しないかのように父とクロードは話し続けた。クロードは父と対等に話していた。なぜ私はクロードを無能のように扱っていたのかしら？　私は恥ずかしかった。クロードにはナンシーで起きたことを話してなかった。

門の前に停めていた父の車に乗り、ニースへ向かった。旧市街地を散歩してからミシュランが「雰囲気高評価(クヴェール三つ)」を与えたレストラン「ロス・カラコル」で夕食を取った。食事中、父は自分の思いつきを話し始めた。マイエンヌ県のラヴァル市に親類が小さな建物を所有している。そこの一階の店舗で私が本屋をやるというのはどうか、というのだ。

食事から帰るとクロードの家にはまだ明かりがついていたので、窓ガラスを叩く。中に通される。クロードはストラングラーズのレコードをかける。会話。二人は何回か親しげに「君(tu)」で話す。会話の話題は「異議申し立て」について。午後はだめになった人生が話題だったのに。

四月二十日(土曜日)

丘に背を向け、遠くに海を眺めながら、道を縁取る低い壁の傍らに立って、私は父に言った。

「もう、このままの関係を続けていけない。ブルッへを離れた後、どうにか普通の親子関係を持ちたいと思って手紙を書いたけど、できないってはっきりわかったわ。このままでいたくない。私は人と偽りの関係しか持てていないし、誰にも本当のことを言えていない。もうだめ。もうこれからずっと絶対に会わない。それか、こんなことになってしまって、どうしてもパパが抑えきれないというなら、どこかへ行って二人で生きていきましょう。どこでもいいわ。パパがどうしても私と……」

「そんな単純な話じゃないんだよ」

　サレヤ広場のレストランで簡単な昼食を取った。レストランの中には私が恋愛対象にしたくてもそれが叶わない若い男性が大勢、食事をしていた。

四月二十一日（日曜日）

　朝、目を覚ますと父が身を寄せてきた。ベッドが軋んだ。気持ちが不安定で泣き出した私を父が詰（なじ）った。ふと、突然、父が怪物に見えた。それを正直に父に言った。それが父の逆鱗に触れ、激しく怒り出し、黙れと言った。怪物の幻影は消えなかった。父はカルカッソンヌには一人で行くと言い出した。私に一銭（フリック）の金もよこさず、旅行鞄を手に持つと、来週また来る、と言って出ていった。

　私は自分の体を父に「与え」なくなったら捨てられるのでは、と怖くなった。私は大急ぎで下に降り、クロードに泣きながら訴えた。

「カルカッソンヌに一緒に連れていってくれる約束だったのに、一人で行ってしまうの」

　クロードは父を追った。

　父は車のトランクに荷物を入れ、クロードに向かって私がたった三日間でも仕事のことを忘れていられないようでガッカリした、と言った。クロードは声を荒らげた。私のいるところからは全部は聞こえなかったが、父を詰っているようだった。

父は車に乗って去っていった。

クロードと私は庭で食事をした。私はラヴァルの書店の話をし、そして泣いた。私はクロードを見つめて打ち明けた。

「あのね、また始まっちゃったの」

「知ってる。聞こえたよ、ベッドの軋む音が」

クロードの答えが私の人生の転回点となった。

「この下種野郎。今度はあなたが力を握ったことになったじゃない。聞こえたなら何でうちに来て止めてくれなかったの？」

四月二十二日（月曜日）
眠れなかった夜のせいで、クロードの一年間の努力が水の泡になってしまうかもしれない。今日は論文試験の日。出題は「ヴァージニア・ウルフ。内的世界」だった。
私たちは二階で眠った。一緒に。同じベッドで。私は娼婦でクロードは道具という妄想をしながら愛し合った。妄想は広がっていく。おっぱいの大きい女の子のふり、三人、四人一緒。終わった後、私はぐっすり眠れた。

私は私たちの関係をクロードが知ったことを父に伝え、もうこういう関係は永久にやめると言わなければならない。私は父に捨てられるのではないかと恐れている。

四月二十三日（火曜日）
十四時までベッドの中。自分がいなくてもいい人間だと感じる。具合が悪い。

四月二十四日（水曜日）
ベッドでぐずぐずする。自分がデブで不要な人間に思える。社会が私を受け入れて役に立たせてくれなかったのは間違いだと思う。その結果が独自路線、執筆、孤立。つらい。
話す相手がいない。電話会社が設置工事をもう何週間も延期し続けている。抗議の電話をかけるが、何もしてくれない。対応相手に「あなたはまるで暖簾に腕押しね」と嫌味を言うと、「暖簾」は「こういうものなんで仕方がないんです」とさらっと受け流した。

四月二十五日（木曜日）
体重を量る。体重計の上で二つの解決策を比べてみる。絶食かちゃんとした食餌療法をするか。夕ご飯：ヨーグルト二個、リンゴ二個、オレンジ一個。

四月二十六日（金曜日）

タンド行きの列車は十六時三十分に出発する。行きたくない。

クロードと一緒に朝寝坊を楽しむ。

アパルトマン間で家具を移動する。目的は私の部屋を快適にするため。クロードはいつも私のところで過ごしているからそう決めた。ついでに、クロードは電話工事を取りやめた。家にいることがないから。

私たちは歩行者天国の通りを一巡りした。ジュエリーショップのレ・ネレイドが店員募集の張り紙をしていたのでお店に入ってみた。支配人は月曜日か火曜日にならないと来ないと言われた。採用される見込みは少ない。でも採用面接を受けるためにタンドでの滞在を短くすることに決めた。

クロードが駅まで送ってくれた。躊躇う。行きたくない。

十八時二十四分。タンド到着。輝くばかりの満面の笑みを浮かべた父が迎えに来ている。私はもう絶対に父とは愛し合わない、絶対に、と宣言する。はっきりさせておくね、これはもう決定事項なの。それでも父は私を愛し続けるのだろうか？

インペリアルホテルに荷物を置いた後、私たちは小さな町を散歩した。山のおうち風という雰囲気のレストランで夕食を取り、ホテルに戻った。私は以前とあまり変わらないように振る舞った。父の前で服を脱ぎながら、テレビをつける。父のベッドに入ってからもテレビを注視した。父は気が付かないふりをし、私を愛撫してきた。私は居心地が悪かった。父が試しているのがわかったからだ。どこまでやっても大丈夫なのか、その境界線がどこなのかを探っているのが。膝、太股、股の間。だんだんと行動がエスカレートしていく。私がやめて、と言うと、悲しそうな、傷ついたような顔をした。父は怒鳴ったりしなかった。私は初めて父が傷つきやすく、生きていくことに臆病で世間知らずな存在のように思えた。

四月二十八日（日曜日）
最悪の目覚め。朝、部屋に行かなかったので父は不機嫌だった。ニースにはベッドが一つしかないというのに。愛撫されるがままにいたことはまずかったのではないか、と気になった。早くクロードのところへ戻りたい。
帰りは山沿いの道を車で行った。私は山が大嫌いだ。父はラ・ブリーグとサオルジュに行くことしか頭にない。私は車に酔ったので行きたくないと言ったが、結局、行く羽目になった。町の散歩は一人でしてもらった。
イタリアを通ってニースに戻る途中、父は言った。

「イタリアを通るのは君のためだよ。僕は先週も通ったからね」

海岸は空の青と海の緑が混じり合っていた。父は海沿いのレストランに行きたがった。名の知れた高級なお店に行き、おいしい料理を味わったが、それを存分に楽しむことはできなかった。もしお金を持っているのが私だったら、こういうことはすべてクロードと一緒にするのに。家に着いた。クロードはデッキチェアに座っていた。

四月二十九日（月曜日）

レ・ネレイドでの面接はひどかった。入って出ただけ。ホテルでの就職先を探してプロムナード・デ・ザングレを歩いた。父は不動産鑑定士になれと言う。私が言うことはすべて無理やり言わされている。すべて。

夜、三人でレストランで夕食を取る。父、クロードと私の三人。夜、頑張って父の横で寝る。私は一人で寝たかった。父は私の性器に自分のを押し付けてくる。もうだめ。ヒステリーの発作を起こす。父もヒステリーの発作を起こす。きっと初めてのヒステリーの発作だっただろう。もう耐えられない。一緒にいられない。クロードのところのシングルベッドで寝ると言って、下へ降りる。引き留めない父のことを優しいと勘違いするほど、私は参っていた。クロードが部屋に入れてくれた。本当に優しい人。私は彼に抱きついた。

四月三十日（火曜日）
父が帰る。捨てられた気分。昨夜の発作に耐えられなかったのか？　父が言うように私は役立たずなのだろうか？　それとも私が思ったように、愛し合うことができなくなったことに耐えられなかったのだろうか？

五月一日（水曜日）
太陽の光が降り注ぐ庭に素敵なテーブルセッティングをする。ゆったりとした白のドレスシャツでおしゃれをした。クロードはすごく喜んでくれた。午後になってクロードの生徒たちが来た。とてもうれしかった。結局のところ、私は退屈しているのだ。

五月二日（木曜日）
ひどい一日だった。過食が止まらない。死んでしまいたいが、どうやって？　うまくいかないことすべてに抗議してハンガーストライキでもする？　絶望的な状況。ママが恋しい。外出してみる。

五月三日（金曜日）

求職活動からドロップアウトした。もはや職を提供されるのを恐れるレベルだ。私って本当にだめな奴。自分を取り巻く状況に私は負けてしまった。幼稚園にいる頃から一番になるのに慣れきった私は、今はただ、静かに死んでいきたいと思うばかりだ。やるべきことのリストには絶食、電話会社の工事待ち。仕事の約束がうまくいかないのも、退屈も、イライラも孤独も全部、電話が開通していないせいにして私は平穏を保っていた。工事担当者がやっと来た。

「おたく、これまで三回、工事延期してますね？」私は顔をしかめた。彼は私が毎日、自殺に失敗していることを知らないんだからしょうがない。

大麻タバコはどうだい、と彼は私に勧めてきた。私は初めて吸った。私たちは寝室に行ってセックスをした。本当にばかみたい。筋骨隆々で顔は割合整っていたが、私の好みではなかったのに。

私は生きていかなければならないなら、何か理由が必要だと結論づけた。一番いいのは、自分の書いた『メロドラグ』を出版させることだ。できるとは思っていなかった。ちょっとおばかな女の子の夢のようではないか。

私はクロードを愛している。愛は生きるために十分な理由になるはずだ。でも私は彼を愛していると思っているだけではないだろうか？

クロードが仕事から疲れ切って帰ってくる。快適なゆうべ。明日からは週末だ。

五月四日（土曜日）

食餌療法はうまくいっている。クロードと私はベッドで長時間過ごした。今日はあまり愛撫されたくない。クロードは別のことに気を取られているから。

外出する。クロードが私の文才を信じていると言って、気持ちを上向きにしてくれた。雨が降っている。フナック（FNAC）で書籍売り場の担当者と話をした。とても親切な人で、私が原稿を送れそうな出版社の名前を教えてくれる。私は本を三冊買った。

クロードは隅の方で遠慮がちに本を手に取って見ている。

結婚指輪をなくしてしまったので、宝石店に行って普通の指輪や結婚指輪を指に嵌めてみた。

夜、マリセが家に来る。彼女との会話からは何も得るものがない。なんて退屈なんだろう。クロードと二人で眠り、明日の日曜日に一緒に起きられることへの喜び。

五月五日（日曜日）
たくさんの愛撫とたくさんの「大丈夫、もちろん君の本は出版されるよ」の後に愛し合った。
クロードを誘ってヴィルフランシュへ昼食を取りに行く。前の日に買った赤いキモノが私を輝かせてくれる。今日の私はきれいだ。みんなが私を見る。クロードは得意げだ。

五月六日（月曜日）

今日は長い一日になりそう。一人きりでの十二時間。外は雨。

五月七日（火曜日）

目覚めとともに愛し合う。床の上に丸まっているクロードのズボンを見て、私たちが出会った頃を思い出す。いいえ、私たちの新しい時が始まったのよ！　クロードは大学に遅刻しないようにズボンを拾い上げて穿く。

さっきの行為は、最初はうまくいっていた。私は一回、達した。クロードが再び愛撫を始めた時、私がクリトリスを触っているのに気が付き、シーツを持ち上げて言った。

「何をしているんだい？　自分でオナっているのかい？」

そして彼はいきなり自分の母親（毒親）のことを話し始めた。義母はほんといい仕事をしたとしか言いようがない。クロードは完全に毒されていて、空気が読めないうえに、的外れなことばかりを言っている。でも大丈夫、ちゃんと、なんとかなるから。

五月八日（水曜日）
父と電話でひどい怒鳴り合いをした。父に、肉体的な別離は不快だが、研究を再開してからは私がいなくても前より寂しくなくなった、と言われた。

五月十日（金曜日）
目が覚めた時、奇妙な気分にとらわれた。何かが変だ。このままだと私は再び夫婦生活に突き進むようだ。しかも未来の職業は店員だろうか。私は何を待っているのだろうか？

五月十四日（火曜日）
夜中にヒステリーの発作。私はクロードの事なかれ主義と彼が引きずっているマンネリを詰ったうえ、ベッドから出ていって、と言ってしまった。クロードはいったん出ていき、それから戻ってきた。朝、クロードが起きる物音ではなく、彼の車が出ていく音で目が覚めた。

五月十八日（土曜日）

短い夜。完璧な愛。

五月十九日（日曜日）
今日もまた素晴らしい一日。私たちは一生、一緒に過ごすに違いない。
それは確か。

五月二十日（月曜日）

まずい展開。

電話会社の奴がうちに来た。彼は大麻タバコを吸うと、私にキスをして、煙を口に吹き込んできた。私はつい弱気になってセックスをしてしまった。彼は私とまた会いたいと言った。私に恋をしているようだった。

クロードが帰宅した。幸せだ。今日、起きたことは隠すつもりだったのに、なぜ、言ってしまったのだろう？　だってその方が簡単だから。黙っていられなかったから。あるいは自由でいるためかも。クロードは簡単に寝る女だと私を詰った。

「僕は貞節さは大切だと思っているんだ」

私は父に電話をして不貞は悪なのかと訊いてみた。父と私は似ている。ところどころ瓜二つなところもあるくらいだ。きっと悪いことではない、と言うに違いない。

ママに電話すると、「あなたはいい方に変わっている最中なのよ。ただもう少し落ち着く時間が必要なの」と言われた。電話を替わり、ママにクロードを宥めてもらった。

五月二十二日（水曜日）
カーニュ・シュール・メールの職業訓練会社へ初出勤。密かに退屈する。密かにサボる。昼に浜辺に行く。会社に戻る。それからクロードがやっと迎えに来た。

五月二十四日（金曜日）
気分の悪いゆうべ。週末が来るのをあんなに楽しみにしていたのに。涙、発作に落胆。私は社会不適合者だ。だから仕事は私を幸福にしてくれない。私は作家になりたかった。

五月二十九日（水曜日）
ケー・デ・ドゥ・エマニュエル通りへ行く。作家のル・クレジオの家のベルを鳴らす。
「どなたですか？」とドア越しに女性の声が聞こえた。

「ル・クレジオさんに原稿を読んでいただきたくて、持参しました」

女性はほんのわずかドアを開けた。隙間から、青白く、歳は取っていたが、すべらかな白い肌の顔がのぞいた。

「ル・クレジオに読む時間が取れますかどうか……」

「それでもお渡しいたします」と原稿を渡した。

これとは別に、私は原稿を郵便で三社の出版社へ送った。返事はいつ来るだろうか？

五月三十一日（金曜日）
外は天気で暑い。夜はテレビで『アポストロフ』を見る。

六月一日（土曜日）
弁護士のボスク氏と面接。雀（すずめ）の涙ほどの給与でよければ採用してくれるとのこと。弁護士資格認定証を取得する将来を考え、承諾することにする。
十二時四十五分、郵便物が届く。ニースで投函された手紙が一通。まさか、ル・クレジオのはずがない。まさか、こんなに早く来るはずはない。落ち着け、私の自尊心。封筒を開ける。J. M.G. Le Clézio の署名がある。先を読むのをやめて、まず、椅子に腰を下ろした。
思わず叫んだ。うれしい。
今日は私の人生最良の日だ。浮遊感の中、カンヌの海辺を散歩する。うれしくて車から叫びながら外に出た。

六月二日（日曜日）
クロードの傍らでまだうれしさに浸ったまま目覚める。私は作家だ。クロードにも伝えた。クロードは最初のページを読んだ時から私の才能を信じてくれていた。昨日と同じようにベッドで愛し合う。幸福な時間。運が上向きになった時。
私はル・クレジオに礼状を書いて感謝の念を伝えた。そして彼の提案通りに原稿をメルキュール社に持っていってもかまわない、とも書き添えた。

六月四日（火曜日）
フナック（FNAC）が夏の間、臨時店員を募集している。あそこで働くのもいいかもしれない。

六月五日（水曜日）

日付が書かれていたが、ページは白いままだった。そして日記はここで終わっている。

私はこのノートを自分の移り住んだところにいつも持っていった。そして時折読み返しては、かつての自分を恥ずかしくも、哀れにも思った。引っ越すたびにノートは地下の物置か戸棚の上の方にしまい込まれた。

時間がたち、ずいぶんと後になってから、そしてクロードと私が別居してからは、いくつかの出来事の整合性が私にはわからなくなっていた。いつ起きたのか、とか、出来事の後先などが曖昧になった。ふと、クロードなら私が忘れてしまった詳細を覚えているかしら、と思った。私たちは連絡を取り合わなくなっていた。私はパリに引っ越してきていたし、クロードは別の人と一緒に住んでいたのだ。私も同じだったが。最後に会ったのは誰かのお葬式だった。その日は雨だった。傘を差したクロードは全身、黒だった。顔はマスクをつけていたので目しか見えなかった。私がいつものぞき込んでいた目。お葬式から帰ると、私はクロードに会えてうれしかったとのメッセージを送った。その数週間後、話したいことができたと再びメッセージを送った。私たちは夜の七時頃に電話で話そうと決めた。

「あのね、ニースに住んでいた頃について二、三、質問したいことがあるの。ニースや父のことなんか……父は二度、うちに来たわよね？」

「ああ、そのとおりだと思う、うん」

「あなたはどういうことを覚えている？」

「その……」

「心配しないで。私の記憶とつき合わせたいだけなの。日付や物事の論理性とかつながりとか。何がいつ起きた、っていう時系列みたいなもの。それ以上の意味はないのよ。今すぐ複雑なことを話したいってわけではないの。心配しないで。日付と時系列、それだけよ。例えば二つの出来事のつながりがわからないとするでしょ、それは私が日付を間違えているか、私が忘れちゃった何かがあったってことなの。ニースには父は二度来た、と。その点は私たちの記憶は一致しているわ……」

「ああ、そうだと思う。僕の記憶の目印は大学教授資格試験（アグレガシオン）だ。君のお父さんが最初に来たのは受験をした年だった。ああ、思い出した。試験を終えて家に帰ったら君のお父さんがいた。その一日か二日前に来たと言っていたと思う。その辺はわからない。僕らはユルバン・ボジオ通りの小さな家に住んでいた。君が二階、僕が一階に。君とお父さんは僕のところに挨拶に来た。たぶん、僕が君のお父さんに会ったのは初めてだったと思う。そうだ、初めてだ。君が紹介してくれて、それから翻訳試験の話になった。確か特定の言葉について話し合ったような気がする」

「その日に受けた試験のこと？」

「ああ。僕たちはホップスコッチという言葉について話し合った。「ケンケン遊び（マレル）」という意味なんだ。あの時の会話で覚えているのはそれくらいだ。お父さんのことをどう感じたか、というのは話せる。でも会話の中身についてはできない」

「それで、どう感じたの？」

「僕がどう感じたかって？」

「ええ」

「自分が矮小に感じたよ。すっかりと怖気づいてしまった、あらゆる面でね。まずは知性の面で。彼に比べて自分は所詮、吹けば飛ぶような言語学者にすぎない。なにせ相手は三十か国語を話せるんだ、とかね。でも男らしさの点でも負けた感じがした。お父さんより自分が男として劣っている、とね。それからこんなことも訊かれたっけ。『君はdanceをどう発音する？』って」

「ええ、その質問はとてもよく覚えているわ」

「で、僕が『デェンス』と答えると、君のお父さんは『いやはや、アメリカニスト（アメリカ語法者）たちときたら……』ってばかにしたんだよ。そして彼は『ダンス』と発音して聞かせた」

「ええ、思い出したわ。とてもはっきりと」

「それから君自身についても二つ、気が付いたことがあった。一つ、君がハイヒールを履いていたこと。ちょっと……女らしい、っていうのかな、そんなハイヒールだった。二つ、お化粧をしていた。いつもは目元だけなのに、口紅をつけていた。君にしては珍しいことで、僕は『ああ、お父さんのために女らしくしたんだな』って思ったんだ。三つ、君たちがお互いを見る目つきだ。とても意味深い眼差しだった。僕はそんな目で君から見られたことはなかった。僕も君があんな目をするのを初めて見たよ。ごくわずかな間だったけど。いずれにしても君たちはあの後すぐにレストランに行ってしまったし」

「よく覚えていたわね」

「いや、そもそも僕は物事をあまり覚えている方じゃないんだ。だけど、とても強い、強烈な出来事はよく覚えてる。そうだね。全部は記憶にない。でも強烈なことは……」

「強烈なことはもう少し後で聞いた方がいいかもしれないわね。今日はやめておいた方がいいかも。この場ですぐに刺激が強すぎることを聞くのは今の私には無理なのよ。もうすぐ寝るところだし。私は早寝なの。聞いたら眠れなくなっちゃうわ」

「ああ、そうだね」

「今は出来事のつながりを話してもらっていい？　ニースで、私は二十六歳で、父が来たのは四月よね？」

「そうだよ。それで二回目に来たのは二週間後だった」

「そうだった。タンドね」

「そうかもしれない」

「ええ、タンドよ。それから私たちはニースに帰ってきた。そこで父は帰っていった。あなたが父に何か言ったのもそこ。それともそれはその前だった？」

「僕は本当に言いたいと思ったことは言わなかったよ。ただ話しただけだ。彼は車に向かっていた。門のところで追いついて、話をした」

「どんな車に乗っていたか覚えている？」

「青だったか、黒だったか。大型の青のプジョーだったかな？」

「それで父になんて言ったの？」

「僕は怒っていた。本当に言いたいと思ったことは言わなかったけど、激しく詰め寄った。僕は君のお父さんにかなり強烈なことを言ったと思う。何を言ったかはもう覚えていない」

「まったく覚えてないの？　一切？」

「君につらい思いをさせている、とは言った」

「オーケー。クロード、ありがとう。本当に。またこのことについて話せるかしら？　また電話してもいい？　迷惑じゃない？」

「いつでも好きな時にどうぞ」

「あなたと話せてよかったわ。ありがとう。それであなたの方はどうなの？　大学はうまくいっている？」

私たちはもう少しだけ会話をしてから、電話を切った。

父がニースへ来て以降、私たちの関係はもっぱら電話で話すのみとなった。私たちは、父のしている言語学の研究や私が出版社に送った原稿のこと、あるいはカルディネ通りのアパルトマンのことについて話をした。父はアパルトマンに必要な鍵をすべて付けたキーケースを私にくれた。私はやっと父の他の子どもたちと同じ特権を手にした気持ちになった。私は長い間、この鍵を大事に持っていた。錠前が替えられ、アパルトマンが売られてしまった後も。

本はまだ出版されていなかった。私が書いた最後の原稿は近親姦を匂わせる内容が含まれていた。最後のページに、ほんの短い文を一文だけ。十分に展開されてはいなかった。私は父に原稿を送った。ある日、カルディネ通りのアパルトマンにいる時、父と電話で私が送った原稿の話になった。

「君は自分の文体をちゃんと持っている。とてもいいことだ。ただ、二、三、気づいたことがあるのだが……」

「なにかしら?」

「アムステルダムでのシーンで、君は『人は生き、選択をし、そして人は去っていく』と書いているんだが、主語は省略して『人は生き、選択をし、去っていく』とする方がいい」

「一つの考え方ね」

「君は僕とのことを書くべきだよ。すごく興味深い内容になるだろう。誰でも経験できるというわけではないからね」

「送った原稿の最後のページ、読んでくれた?」

「もちろんだとも」

「嫌じゃないの?」

「いいや、まったく。文体の問題にすぎない。読者たちに考えさせるべきなんだよ。彼らに疑問に思わせる方がいい。これは空想なのか、現実なのかってね。ちょっとロブ=グリエ風に曖昧な感じで。そういえば、彼の最新作の『ジン』は読んだかい?」

私は電話を切りながら爆笑した。私は声に出して独り言を言いながら、アパルトマンの中を、ドアから窓へ、壁から壁へと縦横無尽に歩き回った。

「まったくの見当違いよ、この老いぼれ。言うとおりになんかするもんですか。ロブ=グリエ風に、ですって? そんな風に書くことは金輪際ないから。まったくなんだと思ってるの」独り言に身振りが加わった。私は肩をすくめ、両腕を開いた。

「私がそこまであんたの言うことに従うとでも本気で思っているわけ? ならば、ちょっとあんたって……頭悪すぎ。そうよ、あんたはばか、ばか野郎なのよ。『読者が空想なのか現実なのかわからないように』ですって? 空想の中にいるのはあんたの方よ。私が小説を書いているのはあんたの前に這いつくばるためなんかじゃない。その時代は終わったのよ。哀れなばか野郎め。私の体験してきたことを作品にするって考え、あんたに言われなきゃ思いつかないとでも思ってるの？　私を見くびらないでよ。私はあんたを軽蔑しているわ。あんたはくそ文学者気取りの哀れなプチ・ブルにすぎない。ロブ＝グリエ風に曖昧に、ですって？　頭いかれてるんじゃないの、大丈夫？　いつか自分に起きたあのことを書くことが可能になったら、絶対にその手法は取らないわ。ええ、絶対に。むしろ、反対に、すべてが明確になるように書く。そうなるように努力する。できればね。哀れなばか。まったく」

私はニース行きの飛行機の中で『ジン』を読んだ。

クロードと私はもう別々のアパルトマンに住むことはやめ、大きな二部屋付きアパルトマンに移っていた。寝室は一つで、サロンには私の机を置いた。テラスが二つ。広い方のテラスは台所の延長線上にあってブラカ通りに面していた。もう一方のテラスは寝室に続いていた。

私たちは愛し合ったが、私の方は欲望を感じていなかった。でも快感はあった。行為には機械的なところがあったが、性的快感がその存在を薄れさせ、正当化させた。私はクロード以外との肉体関係を求めなくなった。私は自分の体を隠すために、だぼっとしたセーターやスエット、太腿の半ばまである長いチョッキなど、大きなサイズの服を身に着けるようになった。子どもを持つかどうかについては先延ばしになっていた。出版されないうちは子どもを持つなんてできない。さらに私は生まれてくる子が女の子だったらどうしよう、と恐れてもいた。きっと私は善良な人を父親に持てたその子に嫉妬し、そして自分の恨みをぶつけてしまうだろう。

クロードは、よく夢想に耽った。そして私に自分の夢を描写し、話して聞かせた。空想の中の私たちは、セーヌ川に面する大きなガラス窓のあるアパルトマンに住んでいる。青銅色のやわらかな絹のアンサンブルを着て輝くばかりに美しい私が、さらさらと衣擦れの音をさせながら、部屋から部屋へと歩いていく傍らで、クロードは窓から平底船が行き交うセーヌ川を眺めている……。


私は二十八歳になった。異母弟は二十二歳に、異母妹は二十歳になったので、親たちは私の存在を知らせても大丈夫な歳になったと判断した。私という姉の存在を知った異母弟妹たちは喜び、ぜひ会いたいと言っている、と父の電話で知らされた。今さら会っても、と最初は思った。私が彼らに会わせてほしいと願った十三歳の時とはもはや意味が違う。それでも「私」という存在をやっと知ってもらえたことはうれしかった。

「子どもたちに、君がニースに住んでいると話したんだ。そうしたら案の定、ルールーが夏休みに君に会いに行きたいと言い出してね」

「七月に来られるかしら？　その時だと都合がいいわ。私、一人だから」

毎年、クロードは夏期研修で学生を引率してイギリスに行くのだ。

「それでアントワーヌにはいつ会えるのかしら?」
「八月十五日からストラスブールに戻ってくる。妹の方はいないけど、クロードと一緒に来るというのはどうだろう? うちに泊まることもできるよ。一部屋空けておくから」

私は父の妻という人に、六月にカルディネ通りのアパルトマンで会った。真っ白なテーブルクロスが床まで垂れ下がり、ナプキンも、カーテンも、ソファも食器も、アパルトマンの何もかもが白一色だった。

食事の間、父の妻は、自分が舅夫婦と初めて食事をした時のことを話して聞かせた。その時の食事に牡蠣が出された。彼女が手に取り、口に運んだ最初の牡蠣に、真珠が入っていた。「素晴らしかったわ。吉兆でしょ、そう思いません? あらピエールの前で『そう思いませんか?』って言っちゃだめなんです。機嫌が悪くなるのよね、ねえ、あなた? でもほんと、信じられませんでした。真珠なんて。グレーの真珠でした。取ってあるんです。うちにいらっしゃった時にいつでもお好きな時にお見せするわ」彼女は饒舌だった。

彼女はブロンドでスポーツ万能といった感じだった。所属するテニス・クラブで文化イベントをしばしば開いているらしく、最近では、ここ数年テレビに出ている哲学者を招いて講演会を開いたという。彼女は天を仰ぎ、恍惚とした様子でいかにその哲学者が格好よかったかを滔々と語った。わずかなドイツ語訛りがあった。

「あなたのことを子どもたちに伝えた時、なんて言ったと思います？　『素敵なことじゃない？　だって私たち、他とは違って特別な家族ってことでしょ』ですって」彼女は声を立てて笑った。まったく別のことを考えながら、私も笑った。

七月に異母妹のルイーズがニースにやってきた。彼女は三週間、うちに滞在した。一緒に行った浜辺でルイーズはたくさん写真を撮った。そのうちの一枚にグレーと黒のストライプのビキニを着て海から上がってきた私が写っていた。私は痩せることに成功していて、スタイルがよいと彼女に褒められた。

「どちらにしても、外見はアントワーヌがパパに一番似ているのよ。知性の面ではあなただわね。パパ自身がそう言っていたわ。私も似ているところがあるけど、それは全然別の面ね」

「どういう面？」

「パパはセックスが大好きなの。私もそうよ。パパに愛人が大勢いるのは知っているの。ママのことを思うと心が痛むけど。パパにとってセックスはとても大事で私も同じ。私、するのが大好きなの。あまりに好きすぎて売春だってしちゃうかもしれない。こんなことを考えちゃう自分が怖いくらいよ。実際にしないのはする勇気がないだけ」

「やってみたら？」

「ああ、そんなことを言わないで。本当にやりにいっちゃうわよ」

「ここでは誰もあなたのことを知らないもの。ちょうどいいじゃない？　一度やってみたらどういうものかわかるだろうし」

「いつかはやるかもしれないけど、今のところは頭の中で妄想するだけにしておくわ」

私は自分のベッドに、ルイーズはソファベッドに寝ていた。開いた窓から私たちのいる部屋へ差し込む夜の薄明かりでお互いの顔はぼんやりとしか見えない。

「私たちの間にはまだ気持ちの隔たりがあると思うの。あなたはこうして隠さずに話してくれる。一方、私の方はあなたに言ってないことがある」

「パパに関することならなんでも話してくれて大丈夫よ。どういう人かわかっているから」

「それはどうかしら。私、あなたの反応が怖いわ」

「ざっくばらんに言ってくれて大丈夫よ」

「近親姦ってどういうことかわかる？」

「ええ」

「パパはそれを私にしていたの」

「最低だわ！　いくらなんでもそんなひどいことができる人だとは思わなかった」

「話した私を恨む？」

「いいえ、変な感じがするだけ」

「言わない方がよかった？」

「いいえ。つらくても言ってもらってよかったわ。どういう人間を相手にしているかわかった方がいいもの。何か問題が起きたら思い出すわ。頭の中に刻み込んでおく。そうすれば私は自分のしたことをばらされたくないパパに対して圧力をかける手段を持っていることになるもの。実際に私が口に出して言わなくてもね」

この話から数日後、私たちは海水浴に出かけた。

「打ち明けられたことなんだけど、やっぱりショックだった。まだ立ち直れずにいるの。私、きっと話してしまうと思うの。だめかしら？」

「いいわよ、話しても」


クロードと私は八月半ばにストラスブールの父の家に行った。

父の妻のアストリッドは明くる日にチュニジアに出かけることになっていたが、キッシュを作って待っていてくれた。私たちは台所で夕食を取った。

「遠慮はしないでね。あなたたちは家族じゃないから」と言ってから言い間違いに気が付き、言い直した。

異母弟のアントワーヌは背が高く、肩幅の広いがっしりした体格をしたブロンドだった。運転免許を取ったばかりの彼はカーラジオを買おうと検討している最中で、しきりとブラウプンクト社がすごいんだと絶賛していた。

「妹と僕はめちゃくちゃ喜んだんだよ、姉さんがいることを聞いて。だってうちが他とは違って特別な家族ってことだから」

「ええ、あなたのお母さんから聞いたわ」

食事の後、アストリッドが父の子どもの頃の写真と、彼が付き合っていた女性たちの写真を出してきた。彼女は母の写真を私の皿の脇に置き、とてもきれいな方ね、と言った。

アパルトマンはメゾネットタイプで、私たちは傾斜屋根のある部屋に泊めてもらった。天窓からは空が見えた。


明くる日、クロードが買い出しに行くと申し出た。父がスーパーマーケットの場所を教え、好きなものを買ってもいい、会計はアンゴ家のつけにしておくように、と言った。

「アンゴ家につけておいて、って言うだけでいいの？」

「そうだよ」

スーパーマーケットに着くと、私たちはカートをいっぱいにした。レジで買ったものをベルトコンベアに載せ、言われたとおりレジ係に「アンゴ家につけてください」と伝えた。

すると私たちの後ろに並んでいた女性がいきなり言い出した。

「あなたはご家族の方ではないわ。誰なの？」

「私はピエール・アンゴの娘です」

「へえ、そうなの。でもね、私はアストリッド・アンゴの友人よ。彼女の子どもたちをよく知っているわ。あなたは彼らの娘さんじゃないわ」

脚が震え、胸がどきどきしながらも私は買ったものを袋詰めし続けた。

「クロード、急いで。さっさと行きましょう」

私たちは荷物を持って歩道を走った。店主が私たちを追いかけてきた。

私たちが車に乗り込むと、店主はウインドウを叩いた。クロードはドアをロックした。

「急いで、クロード。行って。早く。早く、早く」私はすすり泣いた。

「急いで、お願い。早く」

クロードは車を急発進させた。

家に帰り着くと、私はサロンのソファに泣き崩れた。

父は電話で話している最中だった。

「ええ……、大丈夫ですよ。心配ご無用ですよ」

私は会話の断片で父の通話相手がさっきの店主だと気が付いた。

「本当にご心配なく。……ええ、その女性の方は存じ上げてます。ええ、でも彼女もうちの家族を全員知っているわけではありませんから」

父が「彼女は家族全員を知っているわけではありません」と言うのを聞き、私は守られていると安堵した。

「いいえ。……大丈夫ですよ。……どういたしまして」

その晩、アントワーヌはいなかったので三人で夕食を取った。

「本当に怖かったわ、あの人たち」

「どこの店主でも同じ反応をしたよ」

「それはわかるわ。でもあのおばさん、あんなことを言う必要はなかったのよ」

「自分は正しいことをしてると思ってやったんだよ。アストリッドの友達だからね。とても親切な人だよ、僕もよく知っている人なんだ。でもうちのことをすべて話すほど親しくはないし、第一、話す必要もない」

「私たちが荷物を抱えて泥棒みたいに追いかけられるのをパパに見てほしかったわ」

夜、ベッドに横たわり、天窓に切り取られた夜空を眺めながらクロードと私は話をした。

ニースに帰る日にアントワーヌが言った。

「僕たちあまり一緒にいられなかったね。また会って話せるといいな」

「ええ、私もそうしたいわ、アントワーヌ」この時、私は絆ができてそれが確かなものになり、このまま関係を保ち続けられるのではと願った。

車のトランクに荷物を入れるクロードの傍らで、私はアパルトマンを見上げた。アントワーヌが窓から私たちを見ていた。彼は私たちが行ってしまうのがつらそうだった。私は彼に手を振った。

私が二十八歳になった年は、未成年者に対する強姦罪の十年間の時効が失効する年でもあった。直近のナンシー、ニースとタンドでの強姦は二年前に起きたことだったので、そちらの方は失効まであと数年は猶予があった。だが未成年者に対する強姦罪で父を訴えるのなら今しかなかった。

私は高台にあるニースの警察署へクロードに連れていってもらった。モダンな白い建物に入ると日当たりのよい明るい部屋へと通された。大きなガラス戸から見える海は、空との境界線がないようだ。警視が私の対応をしてくれ、最後まで私の話を真面目に聞いてくれた。

「ストラスブールの警察署に出頭させることができます」

「父はいつも徹底否認すると言っていました。本当にそうすると思います」

「我々はそういう連中といつもやり合っているんですよ、それくらいではごまかされません。問題なく出頭させることができます」

「そうおっしゃるならば」

「ただ、なにぶん時間がたっているので、立証するのがとても困難だと思われます。おそらく有罪にはならないでしょう」

「私は事実を述べています」

「あなたのおっしゃることを疑っているわけではないのです。出頭はさせます。しかし決まった起訴手続きがあるんです。まず捜査をしなければなりません。立件するために捜査官が事件の予審を行い、物証を集めます。裁判所は物証に基づいて判断します。あなたのお父さんに否認や異議申し立てをさせないためにも、起きたことを証明する必要があるんです。時間がたっている場合、立証は難しくなる場合があります。強姦された町はどこだったか覚えてらっしゃいますか？」

「ええ。町だけではなく、ホテルもいくつかは」

「それはいい。ホテルに行って、従業員に聞き込みをします。若い女性を連れた男が、何年前でしたっけ？　十二、三年前に来たのを覚えているか。そして何か不審に思ったことはなかったか……」

「彼らが気が付くような不審な行動は取らなかったと思います」

「まずお父さんを出頭させます。警察から出頭命令を受けるのは楽しいことではありません。しかも、私がお聞きした限りでは、あなたのことをお父さんは周囲の人に隠していたようですね、同僚やお友達に」

「ええ、知っていたのは奥さんだけです。ごく最近になってやっと子どもたちに打ち明けました。異母妹には二カ月前に、父と何があったか話しました」

「妹さんはお母さんに話したかもしれませんね」

「そうは思いません。彼女には三週間前にも会いましたが、普通に接してくれました」

「出頭させますよ。ご近所の人たちに警察に連れていかれるのを見られるというのは楽しいことじゃありませんからね。ストラスブールの同僚たちには手加減なしに厳しく尋問するように伝えます。ただ、あらかじめお伝えしておかなければならないのですが、事件から時間がたっていることを考えると、お父さんが自白しない限り、有罪にならないと思われます」

「じゃあ、ナンシー、ニース、パリとタンドの方では？　二年前ですから立証がしやすいのでは？」

「ええ、そのとおりです」

「でも私は成人していました」

「成人していても尊属による強姦であることには変わりはありません。しかもその初犯はあなたが未成年であった時に始まっているんです。ストラスブールの警察署から出頭命令を出させます。受け取った時、恐怖に駆られるでしょうな。証拠を提出するのは難しいでしょうから、おそらく免訴（ノン・リュー）になるかと……」

「ちょっと待ってください。そんなことなら私はこのまま帰ります。免訴（ノン・リュー）ですって！　このうえ免訴（ノン・リュー）なんて我慢できません。免訴（ノン・リュー）。免訴（ノン・リュー）……何も起きなかった（ノン・リュー）なんて無理よ。自分の郵便受けに裁判所からの公式通知に免訴（ノン・リュー）なんて書かれている書類を受け取るなんて無理。そんな勇気はないわ。ああ、だめ。何もなかった（ノン・リュー）なんて認められない。しかも公式通知に免訴（何もなかった）なんて。フランス共和国のレターヘッド入りの紙に免訴(何もなかった)なんて受け取れない。ごめんなさい。

本当にごめんなさい。私、訴えません。帰ります」

「お気持ちは変わりませんか?」

「郵便受けに免訴通知(ノン・リュー)など届いてほしくないんです」

「あなたに嘘をつくわけにはいきません。免訴の可能性はあります。では、被害届を受理しないということでよろしいですか? 本当に?」

「ええ。仕方がありません」

私は警察署を出て、車で待っているクロードと合流した。


ずいぶんとたってから、私はあの時、被害届を出すべきだったと後悔した。少なくとも父が警察から出頭命令を出されるということは確実だったし、取調室で捜査官に尋問される父を想像して意地の悪い満足感を得ることができたはずだ。もしあの時、このことに思い至っていたら、免訴(何もなかった)と書かれた紙が届くぐらい、我慢できただろうに。

というわけで、私の二十八歳の出来事は次のような流れでつながった。
――二月に私の二十八歳の誕生日
――春に異母弟妹たちが私の存在を知る

――六月にアストリッドとパリで会う
――七月に異母妹がニースに来る
――八月にクロードとストラスブールに行く。アントワーヌに会う。スーパーマーケットのコーデックでの一件
――九月に父を訴えようと決心し、ニースの警察署に行く

時がたち、ずいぶんと後になって、いくつかの出来事の整合性や関連性がわからなくなってしまった。私は出来事のつながり方が掴めなくなっていた。理解できないことが多いので、クロードに電話で話せないかと手紙を書いた。私たちは仕事を終えた後の午後の遅い時間に電話で話すことにした。私は寝室の合成皮革のソファに腰を下ろし、クロードに電話した。

「自分でもわからないことがあるの。私が二十六歳の時、父がニースに来たでしょ、それでひどいことになった。二回目はさらにひどくて、嵐のようだった。当時私が『ヒステリーの発作』と呼んでいたやつを起こして叫ぶやら泣くやらしたうえ、父が怪物に見える幻覚まで起こした。一回目か二回目かよく覚えてないけど、それは大したことじゃないからいいわ。いずれにせよ父は耐えきれずに出ていってしまい、私たち二人は二年後にストラスブールに行った。私が二十八歳の時にね。で、わからないっていうのはどうして行ったかなのよ。あ、ごめん。ああ、そうだった、そうよね。わかった、父たちが異母弟妹に私の存在を打ち明け

たからだわ。ええ、そうだ。それだ。私はアントワーヌに会いに行ったんだわ。それで夏にストラスブールに行ったんだ。わかった、筋は通っている」

「それでコーデックの件につながるんだ」

「そういうことね。それについての疑問はないの。コーデックのことは私の中でははっきりしている。でもわからないのは二十八歳の年に、二年も会わなかった父と会うために、わざわざ夏休みの八月に数日間、あなたとストラスブールにまで行き、比較的楽しく――コーデックの件は別だけど――過ごした後、ニースに戻ってくるなりなぜ私は警察署に行ったのか、ということなの」

「その辺のことはまったく覚えていないな」

「あらそう？　警察署に行ったことを覚えてないっていうわけ？　あなたが連れていってくれたじゃない。中に入りはしなかったけど、車を脇に停めて私を待っていてくれたわ。警視さんが私を担当してくれた。それは覚えているの。だけどなぜ？　なぜ、まあまあ楽しく過ごしたストラスブールから帰ってくるなり、父を訴えに行ったわけ？　コーデックの時も私をかばってくれたのに。行動が論理的につながらないの」

「かばってくれた、っていうけど、すでにそこが間違いなんだよ」

「かばってくれたじゃない」

「あの時はそう思ったんだろ？　でもその後、君もそうじゃないって気が付いていたよ。店から帰った時、君は本当にひどい状態だった」

「で、父が味方になって落ち着かせてくれた」

「うーん、最初はそうだったかもしれない。だけど、夕食の時にはまったく違ってた。真逆だったよ。彼はあの件を大騒ぎするほどのことじゃない、って矮小化してた。相対化してたというか。つまり全面的に君の肩を持つんじゃなくて、アストリッドの友達や店主のことを弁解しただろ。君の味方には立たなかった。まったくね。友達のことは『いい人なんだ。悪く思わないでくれ』、店主のことは『彼はやるべきことをやっただけだ』などなど。僕たちは寝室に引っ込んで二人きりになってからそのことについて話し合った。それでそっちなんだ、っていう結論になった」

「そっちって何よ？　父が相対化していたこと？」

「それもある。君は怒ったんだ。君のお父さんが店主と友達について言ったこと、彼らをかばったことに対して。彼は君のためには怒ってくれなかった。彼は説明ばかりして、調停役に徹していた。あの夜、彼の取った態度は僕らにとって、どうしても受け入れがたいものになってしまった」

「どういう態度よ？」

「彼は僕らをかばわなかった」

「ああ、わかるわ。父は店主と電話で話していた時、一度も『僕の娘なんだ』って言わなかった。そうだった。一度も。あなたの言うとおりだわ。一番近い言い方でも、例の女性のことで『彼女は家族全員を知っているわけではありませんから』だった。私ときたら、それを聞いてあの時は父に感謝の念でいっぱいだったわ。父に認めてもらいたくて、私ってほんと、ほんのわずかなことで満足しちゃうんだから。なんて愚かなのかしら。父に関心を持ってもらえたことがあまりにもなさすぎて、ほんのちょっとのことで満足しちゃったのよね。又従妹でも継布扱いでもなんでもいいのよ。どんなに小さなパンくずだってパパから貰えるものなら十分なんだわ。その場ではね」

「僕たちが帰宅した。彼は電話に出ていた。その時、君はものすごく具合が悪かった。それでその時は彼が君を守っているように感じた。でもすぐ後に、夕食の席で話を蒸し返した時に、君のお父さんは起きたことを相対化した。矮小化したんだ。夕食の間にはっきりしたんだよ。彼は『隣人なんだ……理解してあげなくては……ただ、役に立とうとしたんだ……彼女は知らなかったんだ……』とか言って相対化した」

「ええ、そのとおりだわ。それで私は怖くなった。怖くなって当たり前だわ。だって同じ理論で私に近親姦を強いたんだもの。『彼女は家族の一員だ。僕の娘だ。みんなが知らなくても当然だ』知ることもできる、知らないでいることもできる、忘れることも、そして無視することも。すべては曖昧。確立されたものでも、厳格なものでもない。麻薬みたいに取引できるものなのよ。父にとって性的優位性は取引の対象なんだわ。相対的でアクセサリーみたいなもの。決めるのは自分。父は自分に都合のいいように物事を見る、そしてそれでいいと思っている。世代って、親世代も子世代にも度合いがあるじゃない。私は家族の一員なのに、売春婦の扱いをされていて、世間に娘だとは公表されることはない。父はスーパーマーケットの人たちと同じってことよ、わかる？　あの女性客、全部を知っているわけではない、だってすべてを知る必要はないから。もし彼女がすべてを知っていたらどうなると思う？　相対的な知識を持つことになる。父にとって彼女が知らなくて幸いね。わかる、クロード？きっとこれが理由で私は告訴しようとしたんだわ。この相対性のせいで。なぜなら私はもう我慢できなくなったから」

「そのとおりだ」

「父は相対化した。それで私はキレた？」

「その場ではキレなかった。夜になってからだ。二人きりになってから。それでもう帰ろうって話になった」

「あと一週間いる予定だったのを切り上げて帰った、そうよね？」

「少なくともあと数日はいる予定だったよ」

「私たち、父に別れを告げた？」

「言ったと思う」

「あの後、アントワーヌに会わなかった訳がわかったわ。二度と会うことはなかった。いいえ、すれ違うぐらいはしたかも。ルールーも同様だわ。もう彼らのことは聞きたくなかった。きっとそうだわ。あるいはちゃんと自分の見解を持っていたら会い続けられたかも。何かはっきりとした意見を言ってくれたら。あの時、アントワーヌはあの場にいたでしょ？」

「覚えてないなあ」

「いたわよ。私たちは彼に会いにストラスブールまで行ったんだもの。帰る時、私たちを窓から見ていたのを覚えている。悲しそうだった」

「いや、それは覚えてないな。アントワーヌのこと、僕は……」

「絶対そう、確信があるの。日付に、理由。私が二十六歳の時に父がニースに来た。二回。悲惨な状況で、ベッドが軋んだりしたことをあなたは聞く。私はヒステリーの発作を起こして父は出ていってしまう。そして二年後、それでも私はストラスブールに行く。なぜなら私の存在をやっと異母弟妹が知ったので、アントワーヌに会いに行く。滞在はまあまあうまくいく。そこでスーパーマーケットの事件が起きて、私は娘ではないと言われる。父はことを矮小化し、相対化する。それを私は我慢できなかった。なぜならそれは近親姦の禁忌（タブー）を相対化することでもあるから。そこで私はニースに戻ると告訴をしようとした」

「そういうことだと思う」

「クロード、あと一つわからないことがあるの。時系列の問題ではないわ。どちらかというと機転の問題というか明晰さの問題なのだけど。私は警察署から出てあなたに告訴するのをやめた、諦めると言う。なぜなら免訴される可能性があって、私はそれに耐えられないから。免訴の可能性があるのは証人がいないから。ホテルの従業員を探し出して、とか無理すぎる。でもクロード、あなた。あなたは上の階でのこと、聞こえていたわよね？ ベッドが軋んだり私がヒステリーの発作を起こしたりとか。ぜんぶ。あなたは証人になれたじゃない。なんであの時、証人になるから告訴しようって言ってくれなかったの？ 私が警察署を出てあなたと車で落ち合い、証人がいないから立件できない可能性がある、だから告訴を諦めたと話した時に。だって、あなたは証人に立てたじゃない。できたはずでしょ？ それを思いつかなかった。思いつかなかったってわかるの。だって私も思いつかなかったから。でも今、ここで質問させて。自分が証人に立てるって考えつかなかった？」

「考えつかなかった」

「証人になってくれるべきだった。免訴を避けるためには証人が必要だった。私はあなたに頼むべきだったのに思いつかなかった。あなたも思いつかなかった。変よね。私たち、思いつくべきだった。あなたか私のどちらかが。まだ間に合ううちに。時効が成立する前に」

少し間があった。それからクロードは言った。

「具体的なもの、物質的なもので証明できるものはなかった」

「ええ、それで？」

「僕は証人かもしれないが、目撃証人ではない。音とか何か聞こえただけだ。もしかするとそれが君に申し出なかった理由かもしれない。わからないけど。僕は帰納的に物事を再構築することに対して用心する方なんだ。けれどそれが理由かも。証人に立たなかった、立つことを思いつきもしなかったのは」

「あなたが音を、ベッドが軋む音を聞いた時、あなたは父との問題のことを知っていたでしょ？　もちろん、また始まったということを言わなかったから、あなたは知らなかったかもしれないけど、私が十三歳の時に起きたことは知っていたわよね」

「同じようにとらえてなかったかもしれない。その反対かも」

「十八歳以上の成人がやっている場合、問題の行為は同等にとらえるべきなのかってことさ」

「あれは強姦だったの。尊属による強姦よ」

「それでどういう時にそれは正当化されないんだ？　受け入れられないのはなぜ？」

「近親姦は禁止されているのよ、お忘れのようだけど。禁忌（タブー）なの。根本的かつ普遍的に禁止されているくらいなの。世界中どこでもそうなっている。太古の昔から、すべての社会で禁止されていることなの。紀元前三〇〇〇年のファラオの時代まで遡ってやっと例外が認められるくらい、ないことなの。ファラオは神格化されていたから認められたけど、今日のフランスではれっきとした犯罪なの」

「オーケー。じゃあ、一緒に考えてくれ。僕は成人だ。三十、三十五歳で、もう生きていきたくない、死んでしまいたい。僕は武器を購入して、君に渡してこう言う。『僕はもう生きていたくないけど、怖くて自分では死ねない。殺してくれ』と。こういう場合、君は死刑にならないと思うかい？」

「なるわね。わかった、『同意した』という言葉の曖昧さのせいね」

「そのとおり」

「じゃあ……」

クロードは間を置いてから再び話し出した。

「あの件に関して、僕は自分に言い聞かせていたことがある。それをするのは僕の……、い、い、僕が……。僕の役割じゃないって。僕はあくまでも君のすることをサポートするだけで、何か提案したり、導いたりはしないでいようとした。なんていうか、君から言い出すまで、君が何か行動に移すまではって、僕は……自分は……そうじゃなきゃいけないって……君が決心して、望まなきゃ、行動に移すのは君からだ、って考えていたんだ。もし僕が何かをやり始めたり、『あれをしよう、これをしよう』って言い出したら僕たちの生活は終わってしまうって確信していたんだ」

「あれをしてこれをして、ですって。ただドアを激しく叩いて父を止めて、警察に行けばよかっただけよ。あなたは何か行動に移す危険を避けたかっただけじゃない。それどころか、何もしないという選択をして、挙句に犯罪を成立させただけよ」

「僕は一歩下がったところから君を見るべきだと決めていた。君が君のしたいようにし、それに対して僕は批判しない。決して。あの時の僕はそう思っていた」

「クロード、私は父に強姦されたのよ。ブルッへの後、私は精神状態がよくなったからと過信して、不注意にもそして愚かにも父に会いたいと思って会ってしまった。そしていつものように罠に落ちてしまった。わかった。ではあなたの言い分はニースでのあの夜、あなたはベッドが軋む音とヒステリーの発作、父が出ていく音を『聞いた』。私は具合が途轍もなく悪い。私はあなたに会いに行って、『また関係が始まった』と言う。あなたは『知ってる。昨日の夜、聞こえていた』と答える」

　ここでクロードは声を荒らげて私を遮った。

「ちょっと待ってくれ。実際にはそんな風じゃなかっただろう。君のお父さんが行ってしまう。君は具合が非常に悪い。それで僕が聞こえていたと言うと君は『この下種野郎。今度はあなたに支配されるじゃないの』と言ったんだ」

「ええ、それは『下種野郎、聞こえたのに、上に来てドアを激しく叩いて警察を呼ばなかったのね。私を救い出してくれなかった。私を牢獄から出してくれなかった』という意味よ」

「牢獄、牢獄って……」

「なによ、牢獄、牢獄って……。そうよ、牢獄よ」

「ブルッへの後、君は進んで父親のところに行ったじゃないか。僕は……」
「はい？　何ですって？　私が進んで父のところへ行った？　進んで？　ブルッへの後、私はやっと正常な関係を持つために手紙を書いた。あまりにも愚かだった。娘を拒絶する父を持った気持ちなんてわかりっこないわ。近親姦なんて性的なものにすぎないって思っているのでしょう？　わかっていないわ。まったくわかっていない。近親姦は男性優位社会の究極の力なの。笏（しゃく）よ。特定のサークルの中で発動する絶対的権力の象徴、究極のアクセサリー。サークル外でも権力に屈したことのある者には影響を及ぼすことさえ可能よ。その権力を握った者は『ここは自分のものだ、だから好きなようにやる。現実を否定し、認めない権利がある』って振る舞う。私は自分の娘を認めない権利がある、なぜなら自分がそれをよしとするからだ、ってね。認知書類を提出するのは観客のため。その観客のことだって、侮蔑の対象なのだけど。観客には気が付かれないよう、密かに軽蔑している。私はすべてを密かにやる。自分を満足させるのも密かに。法律の枠の外に出るのも密かに。なぜなら私には律すべき理論があるから。

　父の手本はファラオだった。娘も愛する男とはどういうものか知るだろうとか、経験を積むべきだとか、いろいろ言っていたけど、父にとって法はないけれど、規範があるの。太古の昔から禁じられていることは私にとって倫理の問題で、取るに足らないことだと思っている。父は私が娘になることを拒否した。私はそれだけに関心があった。それだけを求めて会いに行った。それが欲しかったからナンシーに行った。そこでもまた騙された。その後、父はニースに来た。クロード、あなたは聞こえたのに、自分だけで抱え込んだ。あなたが抱え込んだ知識は分かち合うべきものだったのよ、例えば警察とね」

「でも、僕はてっきりそれは君が一番してほしくないことだと思っていたんだよ」

「もしそうしてくれていたら、すべてが違っていたでしょうね。考えてもみて！　私たち、今も一緒にいられたかもしれないのよ」

「いや、それはないと思う。僕は自分がどんな青年だったか、どんな男だったか知っているからね、君は僕に惹かれたりしなかっただろう」

「あらそんなことはないわ。もちろん、惹かれましたとも」

　私は喉が締め付けられるようだった。そしてクロードはそれを感じ取った。私は涙をこらえたが、嗚咽が漏れてしまった。私たちは二人とも心がひどく揺さぶられ、動揺してしまった。私は自分を取り戻した。このまま感情に流されるままになってはいけない。

「考えてもみて、クロード。もし私が警察署に戻って『ホテルの従業員に話を聞きに行かなくとも、夫が聞いていました。彼が証人になります』って言えたとしたら。あなた、証言できたの。それを思いつかなかった？」

「いいや」

「私もよ。私も思いつかなかった。思いつけばよかったのに。残念だわ」

私たちは優しくさよならと言い合うと、電話を切った。

私は合成皮革の小さなソファに座っていた。腕を肘掛けに置き、じっと目の前の壁を見つめた。私はじっと動かなかった。突然、私は声に出して言った。

「なぜ、私は自分で思いつかなかったの？」

「なぜ？ なぜ、私は自分で思いつかなかったの？」私は繰り返し言った。

「なぜ？ なぜ、私は自分で思いつかなかったの？」私はまた繰り返し言った。

私は繰り返し、繰り返し言った。なぜ？ ナゼワタシハジブンデオモイツカナカッタノ？

「なぜ？ なぜ、私は自分で思いつかなかったの？」最後は叫び声になった。

私は両手で頭を抱えた。正確には指の先で。私の冷たい指の先で。滝のように流れる涙で指先は冷たく濡れていた。私は立ち上がると部屋を出た。私は一人きりでアパルトマンにいたのではなかった。十五年前からシャルリーと一緒に住んでいた。シャルリーはサロンにいた。

「誰と電話で話していたんだい？」

「クロードよ。訊きたいことがいくつかあったの」

「答えてもらえた？」

「ええ」

ニースの警察署に行った後も、私はカルディネ通りのアパルトマンを使い続けた。そこを使える権利に執着した。私にとってあのアパルトマンは、ある種の償いの代償あるいは決して手にすることのない損害賠償金だった。私は自分の都合を知らせてはアパルトマンを使った。自分専用の鍵も持っていた。

ある時、アパルトマンに着いたばかりの私に父から電話がきた。アントワーヌと彼のガールフレンドが明くる日にロワッシー空港から飛行機に乗るので、アパルトマンに前泊したいのだそうだ。彼らはもう電車に乗ってパリに向かっているという。

「え？　もうすぐここに来るってこと？」

「あと二時間でそっちに着く。そこに泊まれると助かるそうだ。君が嫌なら、しょうがない。アントワーヌはもっと早くに予定を組むべきだったんだ」

アントワーヌと彼のガールフレンドはアパルトマンの中には入れず、外で立ち話をして済ませた。

「明日の朝は早くに出るよ。今夜の食事も外で済ます。僕たちは邪魔にはならないから」

「そうね、そういう風に言うとすごく単純に聞こえるわ」

「そうじゃないの？」

「ええ、単純じゃないのよ。あなたが知らないことで私が今、説明できない訳があるの。それでそのせいで、私たちは素知らぬふりで、同じ屋根の下で眠ることはできないの。特にこのアパルトマンでは無理。今私があなたに言えるのは、あなたもいつかは訳を知るだろうってことだけ」


アントワーヌにはニース在住の友人がいた。そこへ何日間か滞在すると知らせてきたので、私たちは会うことになった。アントワーヌが電話をしてきて、私たちは会う日と時間を決めた。


当日になって、私は落ち着かなくなった。アパルトマンの中を忙しなく歩き回っていると、建物の入り口のインターフォンが鳴った。私は恐慌状態に陥った。

「どうする？」とクロードは私の方を見て言った。

「だめ、無理」

「じゃあ、ここに来て彼にそう言いなよ」

「居ないふりをしましょう。それがいいわ」

アントワーヌは取り憑かれたようにインターフォンを鳴らし続けた。そのうち、居住者の誰かが建物の中に入れたらしく、アパルトマンまで上がってくると、家のドアを激しく叩きだした。

「開けろよ！　隠れてないでさっさと開けろよ！　二人とも居るのはわかっているんだ。窓のところにいるのが見えた。なんでこんなひどい仕打ちをするんだ」

数日後、ストラスブールに戻ったアントワーヌから手紙が届いた。私の無礼な仕打ちに対する落胆と怒りが綴られていた。


私の最初の小説は一月二十三日に出版された。私はそのことを父に伝えると、彼は君のことを誇りに思う、と喜んだ。私がパリでラジオ番組の収録があるから二十三日から三十日までカルディネ通りのアパルトマンを使いたい、と言うと、父は快諾した。

「君のことを周りの人に話し始めたんだ、欧州評議会の同僚たちに」

流通の遅れで、フランス東部の書店に私の本はなかなか並ばなかった。父は待ちわびて、毎日フナック（FNAC）へ確認しに行った。私に頻繁に電話をしてきてどうなっているのか訊いてきた。

「一冊送りましょうか？」

「いや、自分で買うのを楽しみにしているんだ」

次に父と電話で話したのはラジオ番組の収録が延期されたので、パリでの滞在予定が変更になったのを知らせるためだった。


「無理だ」

「じゃあ、次の週は？」

「それも無理だ」

「なぜ？」

「もう無理なんだ」

「工事でもするの？」

「いいや」

「じゃあ、いつならいいの？」

「これからずっと無理だ」

「本を読んだのね？」

「ああ。いいんじゃないか」

父は電話を切った。


本が出版されたので、子どものことをクロードと話し合った。

私はニースのモーツァルト私立病院で出産した。

「いきんで……もっといきんで……トイレで用を足す時と同じ要領です、マダム。もっといきんで。押し出して。まだ足りませんよ。まだ足りない。もっと頑張って。押して、マダム。頑張って。出して、出して。トイレで用を足す時と同じですよ。違います、マダム。堪えちゃだめです。出して。やっていることが逆です」

「変ね、なんだか逆のことをやっていない?」その場にいた助産婦が同僚に言った。

「そうなの、出すかわりに堪えちゃってるわ」

「出して、出して。違います、だめです、堪えちゃってます。押していません。堪えちゃってますよ。もっと押して、押して、押して」

「押してないわ。堪えてる」と助産婦がまた言った。

「力を抜いて。はい、力を抜いて。そう、息を吸って。少しリラックスしましょう。大丈夫ですよ、マダム。緊張しないで。ちょっと緊張で硬くなりすぎです、マダム。リラックスして。はい、もう一度やってみましょう」

赤ん坊の頭が出てくるのが見えた。エコー診断を受けた時、私は性別を教えないよう頼んでいたので、男の子か女の子か知らなかった。

「ブルネットのハンサムくんか美人さんですよ」と医師が言った。そのすぐ後に医師が「かわいい美人さんです」と言うのが聞こえた。

私は自分の想像をはるかに超える幸福感を味わった。白いTシャツ姿の私に、助産婦が娘を抱かせてくれた。私は生まれたばかりの娘をそっと撫でて、キスをした。

　クロードがモンペリエ大学での職を得たので、私たちは引っ越した。広いアパルトマンで、私たちの寝室は中庭に、娘のレオノールの部屋は通りに面していた。私は子ども部屋のドアを撫でた。レオノールの寝たクーハン（持ち運びベッド）の匂いを嗅ぎ、話しかけたり、キスをしたりしながらおしめを替えた。ウェットシートでお尻や肛門、性器の割れ目をきれいにした。その瞬間、フラッシュ・バックが起きた。

「父は私のことを愛してくれたことはなかった。愛おしい存在にひどいことなんてする？その子の将来や恋愛生活をだめにする危険を冒したりする？」

　私は再び不眠と摂食障害に悩まされた。また始まったのだ。私は医者を予約した。診察が終わった後、医者に訊いてみた。

「お知り合いの精神分析医をどなたかご紹介いただけませんか？」

「大勢知っていますが、何をなさりたいのか、にもよりますね」

「十年前に一年半の間、精神分析療法を受けていました。それで今、また受ける必要を感じているのです。もしかすると子どもを産んだばかりだからかもしれません」

「お子さんとはどんな感じですか」

「素晴らしいとしか言いようがありません。なんというか……私、とても幸せなのです。でも時折、私……どうしたらいいのか戸惑っています。あまりにも娘に対する思いが強すぎて。そうなのです。それで長い間、消えていた症状がぶり返してきています。不眠やら摂食障害やら。それから自分の中にあるいろいろな考えや衝動を表現できるようになりたいのです。不安とか。時々、自分の中に閉じこもってしまうこともあります。性生活でもそうです。父に近親姦されたので自分で自分に鍵をかけるような感じになってしまいました。私の体のあの部分で起きることはすべて私の恐怖の対象なのです。父は私にアナルセックスをしました。だから私は反射的に閉めてしまう。分娩の時もそうでした。私は出せずに堪えてしまいます」

「もし出す代わりに堪えるというのであれば——こう言ってはなんですが——あなたが、ご自身の中に留めておきたいからです」

「いいえ、それはないと思います」

「あなたはそうでないと思ってらっしゃるかもしれませんが、実際に起きていることはそういうことです、マダム。あなたがそうおっしゃってるのです。私ではありません。あなたは内に堪えてしまう、とおっしゃる。それは自分の中に留めておきたい、ということです」

「ですから違うと言ってます」

「ここから通りを何本か行ったところにある医者をご紹介しましょう。ランスィアン・クーリエ通りはわかりますか？」

私は二冊目の本を出版した。近親姦を体験した母とその娘の話だ。出版元に「この本は著者の体験に基づくものなのか、それならうちで体験談を載せたい」とある女性ジャーナリストから問い合わせがあった。

「今のところ、あなたの本のことを取り上げてくれている新聞雑誌は皆無なんです。売り上げも芳しくない。売れたのは六十冊だけ。ですからこういうやり方は好きじゃないですけど、申し入れてきたイザベル・ルフランは『マリ・クレール』誌の書評欄担当者です。これを逃す手はありませんよ」

「他に申し入れは？　彼女だけですか？」

「他からはまったくありません」

「彼女が欲しいのは『証言』でしょ。私は証言文学を書いているわけではありません。私の書いているものは違う。一度、応じたら、そのジャンルに押し込められてしまう。それに私は新聞の餌食になるつもりもありません。書評欄ではなく社会面で扱われておしまいなんて、ごめんだわ」

「彼女には交換条件を出しました。もしあなたが受けてくれたら、インタビュー中に必ず本と文学のことも取り上げると確約してもらいました」

イザベル・ルフランはパリの五区に住んでいた。インタビューは彼女の自宅でカセットテープに録音しながら進められた。

「……それでは次の質問です。あまり私的な部分に踏み込みすぎずにお訊きしたいのですが
――そうはいっても、そもそも私たちの話の内容がすでに非常に私的なことなんですが――

セックスの面ではどうなんですか？　不快なだけでした？　それとも不快と快感の両方？」

「殴られた子どもに『痛かった？』って訊きます？　なんで強姦された子どもに『気持ちよかった？』なんてばかなことを訊くのでしょう？　殴られた子どもは拳で、強姦された子どもは愛撫で貶められるのです。どちらも、自尊心を傷つける手段です。近親姦は、子どもの隷属化と父親または家族の優勢者の性的満足による親子関係の否定です。自分を隷属化し、辱め、居場所を奪い人生を台無しに、自分の将来を危険に晒す行為に、子どもがいったい、どんな快感を得られるというのでしょう」

「先週、テレビである番組が放送されました。ごらんになったか知りませんが……」

「ええ、ジャン＝リュック・ドゥラリュのね。全部は観ませんでしたが」

「近親姦の被害者の何人もが行為中に快楽を得たことを認めています」

「あら、テレビなのですもの、少しはばかげた発言にも、下品さにも乗ってあげたのでしょう。セックス・トークにつきものの『自分に嘘はつけない』か『あるがままに言わなきゃ』風に。すでにペスト憑きのように世間から後ろ指を指されている被害者たちが、進んで自分たちの恥辱にまみれた経歴に、さらに『快楽を得ました』なんて恥を加えたいと思われま

す？　近親姦を受けた彼女たちが、彼女たちみたいな経験をしたことのない人と同じように、質問者や視聴者と同じように、性的な話題にクールに対応できたとでも？　彼女たちは、質問者の期待に応えただけです。そうすれば、世間に受け入れてもらえるような気持ちになれるから。あの質問はあまりにも下品で不愉快でした。私は憤慨しました。

近親姦は人を隷属化させ、築き上げてきた社会的関係性、言語、思考を解きほぐして崩壊させるものです。あなた自身が、自分が何者なのか、相手が誰なのか、をわからなくさせます。いったい、彼は誰なのか？　父親？　パートナー？　愛人？　しかも誰の？　あなた？あなたの母親の？　あなたの姉妹の父親？　近親姦は赤ちゃんが初めて覚えて口にする『パパ、ママ』という言葉までも攻撃し、同じ勢いで語彙の本質を破壊します」

「小説の中であなたはお父さんに処女を破られたくないと言い、でも彼は別の方法であなたの処女を奪った。それは本を読むとよくわかります。それは、あなたに対するさらなる肉体的暴力ですよね。そうされた時、どう感じるのでしょう？　自分が汚いと思う？」

「汚さとか穢れとかの問題ではありません。追放なんです、近親姦は。家族内での格下げに始まり、それが同じ論理で社会の中に広がっていき、自分はどんどん社会階層の下へと落ちていく。そうさせるのが近親姦です」

「お父さんと会わなくなって、どのくらいですか？」

「最後に会った時、私は二十八歳でした。いま、三十五歳です」

「彼のいる東部にはその後、行ってみましたか？」

「いいえ、今のところ、行くことができないんです。あの場所は私にとって敵意に満ちあふれすぎています」

インタビューを終え、私はモンペリエに夕方、帰り着いた。汚された感じだった。自分の本が踏みつけにされたようだった。私は大きなグレーのカーディガンに包まり、サロンのソファで一晩中、泣いた。

明くる日、興奮したイザベル・ルフランから電話があった。

「インタビューを書き起こして読み直しました。すごすぎます」

「本当に？」

「素晴らしいです。編集長が絶賛していました。今までの近親姦体験者の女性たちはあなたのように表現できていません。レベルがまるで違います。そこが今回のインタビューを非常に興味深いものにしています。ただ、一つだけ問題がありまして。昨日、私はそれにまったく気が付かなかったんです。うちの編集長はすぐに気が付いたんですが。あなたはお父さんの姓を名乗られてますよね？」

「ええ」

「彼は有罪判決を受けましたか？」

「いいえ」

「それが問題点なんです。インタビューを掲載すると、うちが訴えられる恐れがあるんです。それであなたのお名前では公表できません」

「あら、そうなのですか？」

「でも代わりにご提案があります。あなたのお名前を出さず、匿名にするか、『女性は語った』のような間接的な表現で掲載するんです。お受けいただけたら、まだ私はあなたの本についても何も書いてませんから、書評欄に記事を載せられます。もちろん、好意的なものを、です。いかがでしょう？」

「どうでしょうか。インタビューに私の名前が出ないまま掲載されるというのは結構、厳しいことです。いいえ、この話、やはりお受けできません」

「それは残念です」

「もし匿名でのインタビュー記事が出なかったら、私の本の書評も掲載されないのでしょうね」

「むろん、そうなります」

「そうなると私たちが一緒に過ごした時間の痕跡がまったくなくなってしまいます。ご一緒した時間は私にとって本当に貴重なものだったんです。それだけでもお伝えしておきます。もしできたら、で結構なのですが、カセットテープをいただけませんでしょうか。手元になにか残しておきたいのですけど」

「もちろんですとも。お送りします」

私はインタビュアーの質問、声の調子、リズム、言葉をすべて書き起こした。ああいった類の人たちとは対等には話はできない、いくら腹心の友に打ち明けるように話してほしいと促されても無理だということを証明するためだった。彼らは話を聞くということができない。聞くふりだけだ。あなたがいくら自分の言葉で話そうとも、彼らはそれを一般論（ディスクール）のレベルに引き下げ、同化させてしまう。だからこそ別にあなたの名前がでていなくてもいい、ということになる。別に新しい形式を生み出す必要なんて求められていない。だから証言法なんていう前からある形式を使わざるを得ない。あなたがそういう凡庸な話（ディスクール・インディフェランシエ）をさせられるうちに、あなた自身が無関心（インディフェランス）の対象になっていく。そして、あなたがそんな思いをしている間中ずっと、彼らはあなたを高いところから憐みの目で見下ろして楽しむのだ。

私はこのテーマで本を書いたが、前の本を担当した編集者からは出版を却下されてしまった。それで私は新しい出版社を探すことにした。

それから数カ月たった頃だった。ベッドでクロードと裸でぴったりと体を寄せ合っていた。急にクロードがシーツの下に潜り込んだかと思うと、私に「太腿の力を抜いて」と強い口調で言った。

「私の方を見て。私のことを愛している？」

「力を緩めて。硬くなりすぎだよ、もう。これじゃあ痛いに決まっている、こんなに硬直しているんじゃ」

「私のことを愛しているって言って」

「もちろんだとも。君は？　僕のことを愛しているかい？」

「ええ。でも、もっとあなたのことを幸せにしたいの」

「君のことをもっと幸せにできないのは僕の方かもしれない」クロードは私の太腿に頬を乗せ、片手を私のお尻に、もう一方をお腹に置いた。

私は彼の長くてほっそりとした指を撫でた。

クロードは私の脚を開くと、口で性器を愛撫し私はオルガスムスに達した。クロードは「舐めてくれ」と今度は命令口調で言った。何も考えずに私は従った。

私はクロードが満足するのに必要な時間、持ちこたえるつもりだった。けれども、内心では、早く射精してくれないか、早く終わってくれないか、とも思っていた。首が痛くなりだしたが、耐えた。と、急に私の中である記憶がよみがえり、そのまま頭の中にこびりついてしまった。私はその記憶を振り払うことができなかった。父とこの体勢でさせられた時は、持ちこたえない、歯を立てるなんて問題外だった。私はクロードと一緒にいるのに、頭の中では父との記憶がフラッシュ・バックしていた。私は耐えた。大したことではない、続けなくては。クロードはあんな奴がしたことの結果で苦しんではならない。しかも、もうすぐ死ぬような奴のために。私はクロードのペニスに舌を這わせた。ゆっくりと、上の方にも。クロードは喜びのうめきをあげた。私はこの行為を楽しめず、早く終わってほしいと思った自分自身に対して腹を立てていた。私は先走りの精液を一滴、飲んだ。一瞬だけ休み、また続けた。首が痛かった。ほんの少しだけ横になり、クロードの太腿に頬をつけて休んだ後、また続けた。また休んだ。首筋がひどく痛くなってきたのでクロードのおへその方へと顔を上げていき、窪みを舐めた。そしてまた下を向き、ペニスを舐め始めた。

「もういいよ、やめて。大丈夫だから」

「なぜ？　まだ満足してないでしょ？」

「いいから。だからやめて。無理にしなくてもいいよ。やりたくないっていうのを感じるんだ。首も腕も痛いんだろう？　だからやめよう」

「首が攣ったのは私のせいじゃないわ。でも続けられるから。大丈夫よ、これくらい、我慢できるわ」

「大丈夫だって言っているだろう？　君が無理しているのは僕が嫌なんだ。また今度しよう。さあ、抱きしめさせておくれ」

「私たち、睡眠時間を一時間も削ったのに、何も得るものがなかったってわけね。私がちゃんとあなたをいかせてあげられたら私だってうれしかったのに。でもうまくできなかったわ。本当にごめんなさい、クロード。今よりも、もっといいものをあなたに差し出せたらいいのにって思うわ」

私たちは箱の中の二本のスプーンのように体を寄せ合った。羽根布団を肩まで引き上げ、私は彼の手を握った。

明くる日、私は女友達と約束があった。クロードはこの格好のまま私に挿入し、射精した。

映った。鏡に映った自分を見て、私は乳房を切り取るか平手で打ちたい気分に駆られた。代わりに自分の頬を打って、なんて哀れな女なんだろうと呟いた。

これまで私は自分の性生活についてどう感じているのか、ということを書いたことはなかった——それが肉体的なものでも、恋愛的なものでも——。クロードが嫌がり、私と生きていくことを承諾してくれた唯一の人を失うのではないかと恐れていたからだ。

私が女友達と午後を過ごして家に帰ると、クロードがいきなり言い出した。

「アストリッドに電話をした」

「いつ?」

「さっき」

「何のために電話したの?」

「なんとなく。衝動的にかけたくなった。部屋に籠もってたら急に『あの女に電話しよう』って思った。だからそうした」

「なんでそんな衝動に駆られたのかしら? 何かきっかけがあったの?」

「なんというか……復讐じゃない……復讐なんて、そんなレベルのものではないな。なんだろう……いや、違うな。あれは……」クロードは言葉を探すように外を見た。私の方へ向き直ると、続けた。

「君はあんなことを体験した。とてもつらいことだ。だからどちらかというと……ああ、復讐ではないんだ、違う。償い、というのも違う。なんて言ったらいいか……英語では『正当な報いを払わせる（ゲット・ソム・リトリビューション・フォー・イット）』というんだけど。フランス語で『報復（レトリビューション）』って意味のある言葉かな？」

「補い？　賠償？」

「それかもしれない。『くそ、お前だって』みたいな感じだ。『くそ、僕だけひどい目にあっているじゃないか』ってなった。彼女の立ち位置は、君のお父さんとの関係においては、君と僕での、僕と同じ立ち位置だ。いうなれば、彼女と僕は対等の立場にいる。彼女は君のお父さんと。僕は君との関係において。だから彼女に僕と同じ思いをさせたくて、電話をしたくなった。彼女だけ無傷のままでいていい、という理由はどこにもない。彼女だって、ひどい目にあうべきだ。なんで平穏無事のままで過ごせるわけ？」

「長いこと話していたの？」

「二時間。長かったけど、大変ってことはなかった。当たり前さ、僕は別に怒っていたわけではないから。ぜんぜん、そんなんじゃない。ただ『君が知っておいた方がいいことがあるよ』的なことだった。電話の向こうで彼女がどんな顔をしているか想像してみたよ。

一度しか会ったことはないけど、よく覚えていたし。元気いっぱいのアウトドアタイプで、金髪で、話すと少し訛りがある人だったよね。僕は君のお父さんとはいかなる面でも対等になれたことはない。いつも僕が下だった。でも彼女と僕は対等だ。

僕はアストリッドに『もう知っているかもしれないけど……君が知っているか僕はわからないから……いずれにせよ、君に言うことがある』って切り出した。それから全部話した。そしたらアストリッドに『そうでないかと思ってはいたの。今さら驚かないわ』って言われたよ」

「異母妹が言ったんだと思うわ。彼女がニースに来た時に教えたから」

「そうだと思う。アストリッドも、クリスティーヌはまだ二十歳のルールーに言わないでおくべきだった、って言っていた。いずれにせよ、アストリッドと話している最中、ずっと、僕は大満足だったよ。興奮していたと言ってもいい。今、こうして君に話している間も歓喜している。今もだ。僕は言うべきことを彼女に言ってやったんだ。もう彼女もなかったことにはできない。だって知ったのだから。ルールーから聞いて知っていたことを僕が裏付けしてやったんだ」

「そうね、でも二人とも情報源が同じ私なんだから、アストリッドは私が嘘をついているって思えるんじゃないの？」

「そんな感じじゃなかったな」

「それならよかった」

「いずれにせよ、僕は本当に満足だ。電話した自分を自分で褒めてやりたいよ」

「彼女はどんな風に受け止めたの？」

「『まあ、そうね、そうだとしても別に驚かないわ』という風だな。カッとなって電話を窓から放りなげる人の声ではなかった。その反対だね」

「こたえた様子はなかった？　泣き出さなかったの？」

「いや」

「それであなたの方はどうなの？　今の感じは？」

「どういう意味だい？」

「ストラスブールに行って、彼女をひっぱたきたい？」

「いや、まったく。僕が人を傷つけたくて振るう暴力は言葉だ。だから言う。伝える。今回も言った。伝えた。それで十分さ」

「それでどういう結果を期待するわけ？」

「くそを投げつけるだけだ。彼ら夫婦の間、彼らの人生にくそを投げつける。まあ、人生といっても、もう終わりの方だけど。けれど残念なことが一つあるんだ。それは……僕が期待したほど、効果がないということだ。会話が終わる頃にアストリッドが『私の方もお伝えしたいことがあるのよ、クロード。ピエールがアルツハイマー型認知症になったの』と言うんだ」

「あんなにも記憶力があってそれが自慢だった人がアルツハイマーに。どの段階かわかる？」

「正確なことはわからないけど、アストリッドが例を挙げてた。ピエールが石鹸を食べてしまう、って」

「結構、ひどいわね」

「アルツハイマーになってしまって悔しいよ」

「なぜ？」

「だって自分だけ忘却の世界に行ってしまったんだよ。二人の間で激しくやりあうことも、苦しみにのたうち回ることもないんだ。『ねえ、ピエール、たった今、あなたの娘婿さんから電話があったんだけど、いったいどういうことなの？』ってアストリッドが詰め寄ることもない。だから僕は欲求不満になった。その点では彼女にしてやられたね。テニスの試合みたいだよ。このサーブを受けてみよ、って感じ。あれを言われて満足感は半減さ」

「それで声の調子は？　どうだった？」

「シャブロル監督の映画に出てくるヒロインみたいだったよ。ほら、なんでも耐えるブルジョワジーの女性。『あら、さようですか。ありがとう』って感じのすごい自制心。感情や怒りなどは私たちとは無縁です、他の人にお譲りしますってところかな。ああいった人たちは悲劇的要素を排除して、矮小化するんだ。何があっても、声の調子を変えることなく冷静に

『わかりました。了解しました』とだけ答える。アストリッドもそんな感じだったよ。『今度は私の方からお伝えすることがあります。ピエールがアルツハイマー型認知症になりました』って言った時。そういえば会話がどういう風に終わったか忘れちゃったな」

「会話の間中、一度も『やめて。そんな恐ろしいこと、もう聞きたくない、十分よ。それでこれからどうしたらいいの？』と取り乱したりはしなかったの？」

「まったくなかった。冷静だった。それで最後に袖から切り札を出した。アルツハイマーのことを持ち出されて僕の暴露話は矮小化されてしまった。彼女には切り札があった。でも僕は少なくともそこまで彼女を追い詰められた。それだけでも十分だ。僕は怒りに任せて電話したんじゃない。実行に移せるだけ自分が強くなったからやってみた。少し大人になれたのだと思う」

一、二年たってから、春が始まったばかりのある日の夕方、深刻な面持ちでクロードが大学から帰ってきた。
「話がある」

私たちは向かい合ってソファに座った。

「どうしたらいいのかわからない」

「どういうこと？」

「自分を取り戻したい。少し距離を置いて自分を見つめ直したいんだ。自分が何をやっているのかわからなくなった。君のことをどう思っているのかすらわからなくなったんだ。君から離れたい。際限なく自分の体のことで悩み、きれいじゃない、醜いわって言い続ける君から離れたい。十七年間、一緒に暮らしているけど、君と僕との関係がなんなのかわからなくなった。君のことを愛しているかさえ、わからないんだ。嫌いじゃないことは確かだけど、それだけじゃ十分じゃない。もしかするともう君のことを愛していないのかもしれない。一人でいる方がいいのかも。あるいは誰か別の人と暮らす方がいいのかも。その人と一緒の方が、もっと満足のいく生活が送れるのかもしれない。特に性生活の面で。少し前から君といるより、一人でいるか、他の人といる方がよくなってきてるんだ」

「レオノールはどうするつもりなの？」

「前と変わらず世話をするさ。放っておいたりはしない」

「言っておくけど、あなたが出ていくことをあの子に言うのは私の役割じゃありませんからね」

「僕から話すよ」

「ずっと行ってしまうつもり？」

「しばらくは。もしかするとずっと。わからない」

「私はこれからどうすればいいの？」

「君は大丈夫だよ。手伝うから」

「私、死んでしまうわ。あなたなしで、どう生きていけばいいのか、わからない」

「君の面倒はちゃんと見るよ。あらゆる面で。経済的にもちゃんと支えるから」

「私、一人では生きていかれない」

「僕はもう行くよ」

「今から?」

「部屋を借りたんだ」

「いかないで」

「明日の朝、戻ってくる。その時、また話そう」

クロードは立ち上がった。

玄関でドアの取っ手に手をかけるクロードに私は泣きながら彼の服を掴んで取りすがった。

「こんなことしないで」

「手を放して僕を行かせてくれ。心配しなくていいよ。僕は戻ってくるために出ていくんだ。できるなら戻ってくる。大丈夫だ。明日、電話するよ。また一緒に暮らせるようにしたい。だけど、それには、その前にまず、僕は自分を取り戻さなければならない。僕たちの関係をよくするために僕は出ていくんだよ。距離を置かなければだめなんだ。このまま続けていることはできない。本当だ。僕を行かせてくれ」

私は大学で文学を教えている教授と関係を持った。彼とは私のアパルトマンで会っていた。いつも、精液で汚れたシーツを洗濯機に放り込み、スイッチを入れるのは私だ。今では洗濯機を使えるようになっていた。レオノールの世話はちゃんとした。それだけでなく、自分自身のことも大事にするようにした。精神分析療法も再び受け始め、私はスリムになった。クロードが家に戻ってきたいと言ってきたが、私の方が嫌だった。女性弁護士を雇い、手続きを始めた。物理的側面の問題も解決しつつあるところだ。

新たな出会いもあった。彼女の名前はヴィクトワール（勝利）。父親が国民議会委員に当選した日に生まれたのでそう名付けられた。ヴィクトワールは自分が上流階級の一員であることを十分に理解しながらも、帰属する階級を軽蔑していた。理解と軽蔑の結果、彼女は自分の名前を悟りを開いた人の境地で受け入れていた。

私たちが破局した日、彼女の家で夕食を取った。

サロンには中国風のランプが二脚のアームチェアの間にあった。

「このランプ、つけてみてもいい？」

「もちろんよ。座ったら？」

「もう失礼するわ。食事の時と同じ話の蒸し返しになるだけだもの」

「そうね」

ヴィクトワールはブラウスの上部ボタンを嵌めずに襟元を開けていた。私は両手で彼女の乳房を覆った。押すと掌に弾力を感じた。私は片手を彼女の首筋に置くと「タクシーを呼んでもらえるかしら？」と言った。

ヴィクトワールはボタンを嵌めると、棚の上の電話を掴んだ。

「五分でこちらに来るそうよ」

私はタクシーに乗り込んだ。ヴィクトワールはタクシーのウインドウ越しに私のことをじっと見つめた。タクシーが滑り出すと、私は前に向き直りながら思った。

「なるほど。男ってこんな感じなのね。『自分は自立していて、何に対しても動じない。自分は自由だ。それにこの先、自分を待っている何かがあるはずだ』と思い込む必要があるのね」

私は新聞記者と関係を持った。彼はパリに住んでいた。私たちは彼の寝室にいた。彼は不可解な笑みを浮かべて私を見ながら、自分のズボンのベルト通しからベルトを抜き、これからそれを鞭に使うかのように、自分の手首に巻き付けた。私は怯えると同時に興奮もしていた。私が泣き出すと、彼は笑い出し、ベルトを手放した。

「後ろを向いて」彼は私のお尻を掌で叩いた。たとえプレイの形をとっても、「服従する」というのは私は嫌だった。実際に服従を余儀なくされた私は、性的プレイと現実の区別はつけられなかったのだ。

時間だけが過ぎていく。私は自分の恋愛人生にかけられた呪いはこのまま解けないような気がした。

クロードはレオノールの送り迎えを担当してくれていた。ある日曜日の晩、彼は私に近づくと、濡れた瞳で私を見つめ、抱きしめた。

「愛している」

「ええ、私もよ」

「僕は不幸せだ。君が恋しい。時々、自分で言い聞かせていることがあるんだ……自分を慰めるために。なんだかわかるかい？」

「いいえ」

「もしかしたらいつか、お互い、すごく歳を取ったら、また一緒になれるかもしれないって、自分に言い聞かせているんだ」

私は『アンセスト（近親姦）』という本をストック社から出したばかりだった。ある日、私は打ち合わせのために、モンペリエからパリのストック社へ赴いた。

当時、ストック社は、カセット通り二十七番地の建物を一つ丸ごと占めていた。私は砂利を敷き詰めた中庭を横切り、建物の角の外階段を上って鋳物（いもの）製の扉を押し開けると、中へ入った。

「こんにちは、マーガレット」

マーガレットは何も言わず、電話番号らしきものが書かれた紙を私に差し出した。

「何度もかかってきたの。そしてあなたの弟だ、って言うの」

彼女は中庭に面した小さな部屋へと私を連れていってくれた。部屋はがらんとしていて、電話しかない。

「もしもし、クリスティーヌです」

「出版社に電話してごめん。でも君のモンペリエのうちの番号を知らなくて……」

「いいのよ。よく連絡をしてくれたわ」

「僕たちの父が死んだ」

「いつ？」

「今朝の五時だ。葬儀は金曜日に行う。もし来たいなら……」

「申し出てくれてありがとう」

「当たり前じゃないか。来るように頑張ってくれないか。そうしてくれるとうれしい。また会ういい機会だ。僕たち、ゆっくり話したことがないし」

「そんなことができると思っているの？」

「もちろんだとも」

「あのね、私は父に本当に悲惨なことをされていたのよ」

「そう主張するのは君だけだ。父はいつも君の作り話だと言っていた」

「アントワーヌ、あなたがそう思うなら、二度と会うことはないでしょうね」

私は父の葬儀には行かなかった。一人で行く勇気はなかった。そして一緒に行ってくれる人を誰一人見つけられなかった。

私が想像していたのに反して、父の死は悲しかった。父への愛はとっくに消えていたが、父と私が出会った一番最初の頃の、ストラスブールとジェラールメーの間の記憶はまだ残っていた。私の記憶の中に、ボロボロになった夢の切れ端が残っていた。

父の死から数ヵ月たった頃、私の銀行口座に振り込みがあった。相続した遺産だろうと思ったが、父の総資産を考えるとあまりにも少なかった。私は生前贈与や国境法等々の規定で騙し取られたのかもしれないと思った。

振り込みがあった後すぐに公証人からの書類が届いた。細目計算書が同封されていて、振り込まれた金額が確かに私の相続分であることを証拠立てた。もう一つ同封された書類があった。それはラヴァルにある建物の権利放棄書だった。書類の各ページに略署をし、最後に署名をして送り返してほしい、振り込んだ金額には放棄分の金額も含まれている、と公証人は書いていた。

私は略署し、署名し、書類を送り返した。

何年もたってから書留郵便が届いた。家族がラヴァルの建物を売ろうとしたところ、契約が中断されてしまったとのことだった。私が地下室の権利を明記している箇所に略署をし忘れていたのだ。公証人は原本を私に送りつけ、「書類の右下に略署を入れてすぐに返送してほしい」と書き添えていた。

私は嫌がらせのために、この些細な力を手元に置いたままにした。後になって、私の地下室の権利廃棄書がなかったにもかかわらず、建物が売られたことを知った。

父が死んだ翌年、私はパリに引っ越した。シャルリーと出会うまで、レオノールと二人きりで住んだ。

今から数年前のある日、シャルリーが開いたパソコンを片手に私の書斎に入ってきて、机に置いた。

「フェイスブックにメッセージが届いているよ。ストラスブールの人らしい」

「男性？　女性？」

「女性」

「異母妹かしら？」

「じゃないと思う」

『私はアンゴ家の人たちのことをよく存じてます。町の知識人の方々全員とも交流がありました。私がご提供する情報で小説が書けると思います。

アストリッド・アンゴはオーペア・ガール〔外国人学生―主に女性―が現地の子どもの保育や家事をする見返りにホームステイをさせてもらう留学制度。学費の援助など報酬を得る場合もある〕としてコレ家に来ました。コレ氏は若くして寡夫になってしまった方で、自分の娘が亡妻の母国語であるドイツ語を話せるようにと、ドイツ人のベビーシッターを探していたのです。先ほど書いたように、亡くなったコレ氏の奥様はドイツ人で、クルップ家の出でした。戦争中、戦車をはじめとするドイツ軍の軍需機材をすべて製造していた、あのクルップ家です。

あなたのお父様には敵が大勢いました。でもその人たちも、ご友人の方たちも、まさかお父様には付き合っている女性が別にいて、しかも、子どもまでいるとは考えもしませんでした。私自身、ストラスブールでは名の通った家のものです。アストリッドは母の近しい友人で、彼女はよく母に悩みを打ち明けに来ていました。ある時など、アストリッドは「夫が私に愛人を――しかも複数名――持つように勧めてくるので困っているの」と母に相談していました。

私はピエール・アンゴ氏に個人的な面識があります。アンゴ家にはよく遊びに行ったからです。ですから二人の子どもたちのことも存じております。よく一緒に遊びました。

まだ私の子どもたちが小さい頃のことですが、子どもたちとオランジュリー公園に行った時に、まだご存命中のアンゴ氏と奥様をお見かけすることがありました。当時、アンゴ氏はアルツハイマー型認知症がひどく悪化していて、周りの人をまったく認識できなくなっていました。しかし、私の母は、発病する前から氏は周りの人への態度がひどく、今とあまり変わらない、と言っておりました。あなたのお父様をご存じの方々によると、勤め先の欧州評議会ではあまりにも同僚たちを蔑視し、見下した態度ばかりを取るので、たいへん嫌われていたそうです。
今でも時折、アントワーヌを町で見かけることがあります。ルールーは才能があってとても評判のよい建築家と結婚しました。
ここに書いたことは、すべて個人情報です。なぜそれをあなたにお知らせしたのか、と疑問に思われるでしょう。それは、皆、私が実際に会って知っていた人であり、私が育った環境だからとしか言いようがありません。それにアストリッドについて、あなたが本をお書きになるきっかけになるかもしれない、とも思いました。アストリッドの家のことや、どうしてストラスブールにたどり着いたかをお知りになれば、あとはあなたが潤色して小説をお書きになれるのでは、と思いついた次第です』
このメールを読んだ夜、私は夢を見た。しかし、どういう夢だったかは、ほとんど覚えていない。目が覚めてからもベッドに横たわったまま、私に夢の中で口づけたあの薄い唇の持ち主は誰だったのだろう、と記憶の中を探った。夢ではなく、実際にあったことのように思えた。相手が誰だったのかを思い出したい気持ちと、思い出すのが怖い気持ちの間で、私は揺れていた。

私の書いた劇がストラスブール国立劇場（TNS）で十五回ほど上演されることになった。劇場は、観劇者たちとの交流イベントをしてはどうかと提案してくれ、私はそれに応じた。

　交流会では質問を受けた。まずは最前列に座っていた若い女性が挙手した。

「劇のことなんですが、あれはあなた自身が体験されたことですか？」

「あなたの解釈は？　あなた自身はどう思われました？」

「私はあなたの体験だと思いました」

「劇中の若い女性が体験したことを、確かに私も体験というか、あの絶望を生きてきました。でも、あんなの、生きていたと言えるのかしら？　私はあそこにいました。いたくなんてなかったのに。でもいるしかなかった。だから本当の意味で生きていたとは言えません。ただそこにいて、傍観するだけです。『あら、あんなことが起きているな』って」

　交流会の後はサイン会の時間が設けられた。私は異母弟か異母妹が来ているのでは、とホールの後方を見た。サイン会が終わり、劇団関係者たちが待つレストランに行こうと街中を歩いている間も、もう何年も会っていない二人と偶然、出会えるのではないかと思いながら、すれ違う人々に、年月が変貌させたであろう彼らの面影を探してしまった。

　明くる日、パリへ帰る列車の中で、私は前の日の夕食会のことを思い返していた。一日の公演が終わり、皆、寛いだ雰囲気の中で食事をした。俳優たちはストラスブールでの公演のことや、楽屋口で待っていた観劇者がどのようだったか、などを口々に私に語ってくれた。待っていた観劇者の中に、欧州評議会で父と一緒に働いていたという女性たちがいたらしい。女優たちはお互い目配せをした後、一人が躊躇いながらも思い切ったように私に微笑みかけながら言った。

「そのお客様たちに、お父様はとても魅力的な方だったと言われました」

私はとても孤独を感じた。彼らに囲まれ、裏切られて孤立し、たった一人なのだと思い知らされた。

人が近親姦を理解するためには、その人自身が何らかの隷属状態にいたか、隷属させられた経験がなければ無理だと私は悟った。

社会はもっとひどい。父親が娘に近親姦を強いて、その行為でもって自分の娘を娘としてではなく、名前を持たない「モノ」として扱った場合、社会全体が父親のしたことを容認し、追従し、暴力を引き継いで娘を虐げ続ける。社会はさまざまな形をとって、父親のしたことを容認するのだ。

それは、あなたの本のことを『デファン夫人に代わって今度はデリエール（お尻）夫人のご登場ですか』と嘲笑った記者かもしれない〔二〇一二年に『フィガロ・リテレール』紙に掲載された『一週間のヴァカンス』（Une semaine de vacances）についての酷評のこと。おそらく十八世紀の才女デファン夫人（恋多き美貌の女性として有名）の名前をもじったあまりよくない言葉遊び（ドゥヴァン：前、デリエール：後ろ）〕。『クリスティーヌの穴防衛委員会の結成を検討するべきだ』と言い出した別の記者かもしれない。

冷笑しながら、あなたの小説の一部を——あなたと同じ名前の語り手が、便座に座った父親の性器に載せられたミカンの房を口で取らなければならない場面だ——朗読していたテレビの司会者かもしれない。あるいはその朗読の場に招かれ、ただ単に自分の名前がクレマンティーヌというだけで大笑いしていた女性ゲストかもしれない。

あるいは討論番組で、証言をしてくれる近親姦の被害者たちに向かって、しかつめらしい顔をしながら『行為の最中、気持ちよかったですか?』と訊いた別の司会者かもしれない。

あなたの書いたものを演じたばかりで、親切にも『あなたのお父様の知り合いが劇を観に来て、彼がとても魅力的だったと言っていた』と伝える一方で『あなたも実はその魅力に屈したのでは?』と目で問いかけてくる俳優かもしれない。

あるいは、以前、ボーブールのカフェの二階で、あなたを挑発的にまっすぐ見つめながら、『自分の女友達にも父親との近親姦を体験した人がいるが、彼女はうまくやっている』と説明をした、版を重ね、批評され、尊敬され、今日、亡くなったばかりの作家かもしれない。

あるいは、近親姦を犯した父親を、行為には同意があったと主張し、無罪を勝ち取った弁護士かもしれない。

あるいは、無罪になって裁判所を出る被告人に『これから幸せになってください』と言いながら握手をした裁判官かもしれない。

虐待された娘の方は、父親に妊娠させられて子どもを産み、その子どもを連れて逃げていたが、無罪判決の出た二年後、雇い主の家に匿われていたところを父親に襲われ、匿った雇い主共々、殺害されてしまった。

それは、近親姦が始まったのは娘が十歳の時と知っていながら、行為には同意があったと主張した弁護士かもしれない。

その弁護士は、数年後に大臣となり、国会の議会に近親姦に対する同意の年齢を十八歳にするべきとの法案を提出した。彼はマスコミに『十八歳前の近親姦への同意は不可能です』と得意げに言い放った。しかし、これは逆説的に『十八歳以降は同意できる』ということになってしまう。つまり政府が成人同士であれば近親姦は合法という原則を正当化し、認める責任を負ったということだ。全会一致でその法案を通した議員たちも同罪だ。

もうすぐ列車は東駅に到着する。私は車窓から重なり合うレールを眺めた。小さな鞄を肩にかけ、ホームに降り立った。シャルリーとはフォーブール・サン・マルタン通りに面した出口で待ち合わせていた。今私がいるところとは、駅を挟んで反対側だ。私はアルザス通りに面している出口の方にいた。第三番と第四番ホームのそばだ。今は取り払われてなくなってしまったが、私が座って旅行鞄に話しかけたオレンジ色の椅子の列があった場所だ。あれは何年前だったのだろう。もう忘れてしまった。

立ち止まる私の横を、人々が通り過ぎていく。大勢の人が自分の世界に閉じこもって歩いていく。荷物を引いて歩く人。サンドイッチを齧りながら歩く人。

私は首を反らし、日の光が差し込む大きなガラス天井を眺めた。私の動きに驚いたのか、男が私の方を振り向いた。タバコ販売所の上に『パリを発見しよう』と書かれたポスターがあるのが見えた。私は雑踏の中を歩きだした。少しずつ進んでいく。パリ交通公団とフランス国有鉄道の警備員が大勢いた。電光掲示板に長距離列車の出発時刻が掲示された。ランス行きは十八時十八分の出発だ。

私は東駅のメインコンコースのアーケードの前を通って、大勢の旅行者たちが腰掛けて何かを食べている大階段の前を横切った。大階段の脇のナイトブルー色の椅子も食事をする旅行者でいっぱいだった。

大階段の側面には記念銘板があり、大文字で『この駅から大勢のフランス人愛国者たちが、ナチスドイツの監獄、拷問と死が待つ監獄へと悲劇的な旅立ちをしていった。フランス人たちよ、それを忘れてはならない』と記されていた。銘板を読む私の横を、大きなトランクを持ったカップルが通っていった。

私はそこにいる人々の顔を眺めながら、もし今、私が十三歳で、あのオレンジ色の椅子に座っていた時のような目にあっていたら、どうするだろう、と考えていた。ここには、十三歳の私が助けを求める勇気を出せるような、信頼できる人がいるだろうか。私はその人を見つけられるだろうか。誰かに、助けてと言えるだろうか。

　メトロの入り口の前まで来た。メトロから長距離列車に乗り換える人たちはホールを横切り、ホームへと急ぐ。大半の人は一人だった。男性が多い。女性もちらほらいる。一人の女性はベビーバギーを押しながら走っていた。

壁際には店舗が軒を連ねている。タバコ屋、土産物屋兼コンビニのルレ、スターバックス。トランク置き場に公衆電話。人の流れが途切れない。私が三十八番のバスに乗ろうと走ったり、四番線のメトロに乗って地域急行鉄道網（RER）に乗り継いだりしてリュクサンブールまで行ってソルボンヌに通っていた頃と、ここはまったく変わっていなかった。

　私は人の流れを横切って、コンコースの端へとたどり着いた。この辺りは静かだった。ドアの外、フォーブール・サン・マルタン通りで、ピンクの毛糸の帽子を被ったシャルリーが私のことを待っていた。シャルリーは凍えたようになっていた。手をポケットに入れ、首をすくめて猫背になったシャルリーは、少しでも温まろうと足踏みをしていた。私を見つけると微笑んだ。

「うまくいった？」

「ええ、とても」

解説

澤田直

クリスティーヌ・アンゴ、聞いたことがない名前かもしれない。本国では何よりもスキャンダラスな作家として知られる。本書が初の邦訳であるから、初めて彼女の作品に触れる読者のために、これまでの作品と、それと緊密に結びついている人生を簡潔に紹介しよう。

一九九〇年のデビュー作『空から見下ろして』(Vu du ciel) からしてすでに物議を醸す作品だった。性的暴行と虐待を受けて殺された六歳の少女が、守護天使となり、感性豊かな女学生クリスティーヌのことを空から見下ろして語るという枠組みで、憐憫と残酷さがないまぜになった形で性が語られる。こんな要約をするだけでも辛くなる内容だ。

彼女はその後も、クリスティーヌ（・アンゴ）という名前の語り手や人物が登場する小説を次々と発表する。作品の内容は作者の実人生に起こった出来事に限りなく近く、事実なのかフィクションなのか、傍目からは区別できない。そのため、関係者から訴えられかねないきわどさを持つ。じっさい、一九九七年刊行の第四作『インタビュー』(Interview) は、実名で描かれた人物から訴訟を起こされてはたまらないと危惧した版元から拒否され、他社からの出版となった。内容は、本書でも語られる父親との近親姦を文字通りインタビュー形式で綴ったもので、たたみかけるような執拗な質問が事実を追及するが、真実はそれをすり抜けることを読み手に感じさせる。

そんなアンゴが幅広い読者層に注目されるようになったのが、一九九九年に発表された小説、その名も『近親姦』(L' Inceste) だ。タイトルが予想させるのとは異なり、「私は三カ月のあいだ、同性愛者だった」という一文で始まり、同性愛関係にあった恋人マリー＝クリスティーヌとの数カ月間におよぶ愛憎劇が、独白形式で休みなく語られる。主人公の精神的不安定さの淵源として、実父から断続的に受けた性的虐待（近親姦）があったことが明らかにされるのは、小説のほとんど最後になってから。精神分析（フロイトだけでなく、ラカン、メラニー・クライン、エリザベト・ルディネスコ）などを手がかりとして、自分の状態を考える際に、さまざまな言葉をたぐり寄せる過程で、父親との関係が時系列に沿ってではなく、テーマに沿って散発的に語られる。

この小説は文字通り彼女の出世作となったが、その後は、小説のみならず、芝居や映画にも活動範囲を広げ、旺盛な創作を続ける。創作の源泉は一貫して、彼女自身の人生であり、その意味で、本人はその呼称を否定するものの、しばしばオートフィクション（自伝的虚構）の作家と見なされる。だが、この点についてはもう少し後で詳しく見ることにして、彼女の作品と切っても切れない伝記的側面を追うことにしよう。それには、二〇一五年に発表され、ゴンクール賞こそ逃したものの、下馬評では最有力候補とされ、二〇一八年には映画化もされた『ある不可能な愛』（Un amour impossible）のストーリーを追うのがわかりやすいだろう。この小説は時系列に沿って語られているから。

語り手はここでもクリスティーヌ・アンゴ。小説執筆時の現在から、両親と自分をめぐるさまざまな愛情・恋愛関係がことごとく「不可能な愛」であったことが描かれる。これは彼女自身の物語である以上に、両親の物語だ。発端は、語り手が生まれる前、母親ラシェル・シュヴァルツと父親ピエール・アンゴが出会ったとき。時は一九五〇年代後半、フランス中部の都市シャトールーにはＮＡＴＯ（北大西洋条約機構）の軍事基地があり、米軍が駐留していた。ミシュラン社の重役を父に持つパリの上流家庭出身の鼻高々男ピエール・アンゴは基地で通訳として働いていた。彼は数カ国語を自由自在に操る知的男性として、同時に自己中心的で高慢な人間として描かれる。一方、ごくつましい家庭に育ち、教育のレベルこそ高くないが、美貌の娘ラシェルは下級官吏。それだけでも凸凹カップルなのだが、経済・階級格差に、人種差別が加わる。彼女は名前からも想像できるようにユダヤ人なのだ。最初からピエールに結婚の意志はない。二人は同棲すらしないが、ラシェルの視点からすれば熱烈に愛し合っていて、一九五九年にクリスティーヌが誕生する。だが、ピエールはあっさりとドイツ人女性とブルジョワ的な結婚をし、ラシェルとの関係は解消される。その後、ピエールは私生児のクリスティーヌを認知するものの、その直後から娘に近親姦を迫り、性的虐待が行われることは、本書『クリスティーヌ』でわれわれが知るとおりだ。クリスティーヌが独り立ちし、結婚し、娘を産み、アルツハイマー型認知症になった父ピエールが一九九九年に病死。それからさらに長い年月を経た二〇一五年（クリスティーヌ五十六歳、母ラシェル八十四歳）の時点から回顧的に事実が考察される。彼ら、彼女らの錯綜した愛情関係は、はたして何だったのか。愛と呼ばれるものの本質が根本的に問われるのだ。じつは、それに先立つ二〇一二年に発表された『一週間のヴァカンス』(Une semaine de vacances) では、近親姦は剥き出しで、赤裸々に語られていた。

そして三たび、父親による性的虐待を中心的に取り上げたのが、二〇二一年に発表された本書『クリスティーヌ』である。ゴンクール賞にノミネートされ、最終的にはメディシス賞に輝いた原書のタイトルはLe Voyage dans l' Est、直訳すれば、『東での旅』。Est（東）は大文字になっている。フランスでは二〇一六年に行政区分が大幅に見直され、歴史的な呼称が無味乾燥な名前に取って代わられた。かつてはアルザス＝ロレーヌとしばしば並べて呼ばれていた二地方は、歴史的な結びつきが弱いシャンパーニュ＝アルデンヌ地方と一緒になって「グラン・テスト地域（Grand Est）」（直訳すれば大きな東部）になった。本書で意識される「東」とはしたがって、ランス（シャンパーニュ地方）、ストラスブール（アルザス地方）のことと言える。つまり、シャトールーからランスへの引っ越し、そして父の住むストラスブール訪問、これが一括して「東での旅」と呼ばれているのだろう。『ある不可能な愛』の中で、すでにこの東という表現は使われていて、母ラシェルが、ドイツに近い東では、人びとは背が高くて、理性的なのよ、とクリスティーヌに言っている場面がある。

作品を読むに当たってフランスの地理を少し頭に入れておくと、わかりやすいかもしれない。というのも、一般的なフランス人の脳裏に浮かぶそれぞれの土地柄が、この小説の重要な鍵になっているからだ。主な都市は、パリを除けば、シャトールー、ランス、ストラスブール、ニース、そしてモンペリエ。

主人公が生まれたシャトールーは、フランスのほぼ中央、ジョルジュ・サンドが田園風俗を描いたベリー地方、アンドル県の県庁所在地（人口四万人ほど）ではあるが、これといった特徴もない。ぼくも旅行の途中で通ったことがあるが、ほとんど覚えていることがないほど平凡な街。だが、そこはすでに見たように、クリスティーヌ・アンゴの母ラシェルと父ピエールが出会った場所であるがゆえに、本作品の起点となっている。

一方、シングルマザーのユダヤ系女性ラシェルが引っ越し先に選んだのはパリとストラスブールの中間にあるランス、世界に名だたる高級発泡酒シャンパンで知られるシャンパーニュ地方の首邑（人口約十八万人）である。第二次世界大戦で大きな打撃を受けたとはいえ、ゴチック建築の教会をはじめ歴史的建造物も多く、大聖堂は歴代のフランス国王の聖別戴冠式が行われた聖地でもある。シャトールーとは知名度から言っても比較にならぬほど格上であり、この引っ越しは社会的上昇を意味している。

父ピエールの住むストラスブールはアルザスの中心都市（人口約二十八万人）、語源的には街道の街を意味することが示すように地理的要害の地であり、何世紀にもわたってフランスとドイツの間で領有権が争われ、現在では統合ヨーロッパのシンボルでもある街だ。この物語はEU誕生以前であるが、まさに欧州統合を推進する組織である欧州評議会で翻訳部門の責任者を務めるピエールは要職にあると言える。また、ピエールの妻がドイツ人である事実は、独仏の協力関係がさかんに謳われていた時代の趨勢に乗ろうとするピエールの目ざとさが表れているようにも見える。付け加えておけば、東部は二つの世界大戦の激戦地であり、その爪痕が生々しく残る地方でもある。パリからこの地方に向かう列車のターミナルが東駅だが、そこは主人公が父親に置いてきぼりにされた場所でもあり、本書の結末の舞台。駅の入り口には祖国を守るために献身した兵士たちに捧げられたモニュメントがある。

それらの過去のしがらみから逃れるように、クリスティーヌがクロードと暮らす場所はどちらも光溢れる南仏の街、ニースとモンペリエ。このことは偶然とはいえ、象徴的だ。地中海はコートダジュールの宝石ニース、十三世紀に設立された由緒正しい大学を持つモンペリエは、主人公にとって束の間のオアシスなのだ。

物語の横糸がこのような場所の移動であるとすれば、縦糸はほぼ時系列に沿って進む語りだと言えよう。整合的で、抑制のきいた語りは、本書が彼女のそれまでの作品と大いに違う点だ。例えば『一週間のヴァカンス』では父親による性的虐待の様子が延々と描写されていたのに対して、本書では抑制のきいた文体で品位を保って記される。本書の場合は、体験を冷静に記述することで、過酷な過去を再び生き直すだけでなく、整理することで作品化していく。そして、その過程そのものが、作者と同じ名前を持つ主人公クリスティーヌ・アンゴの物語として描かれているのだ。その意味で、自らの過去との和解、主人公と世界との和解の試みの物語としても読めるのではないだろうか。

それでは、作者の生きた実体験と作品との関係はどうなっているのか。

ここで、さきほど後回しにしたオートフィクション（自伝的虚構）の話に戻ることになる。

オートフィクションとは、フランスで二十世紀後半から隆盛になったジャンル。アンゴ自身はこのカテゴリーに入れられることを断固として拒否しているが、さもありなん、用いる人でまったく別もののように使われる曖昧な言葉なのだ。昨年（二〇二二年）、フランス人女性作家として初めてノーベル文学賞を受賞したアニー・エルノーもこの言葉で括られることを嫌ったが、実生活に深く根ざした「自伝的作品」を書き連ねてきた点は共通している。もちろん、いかなる方法論も文体への関心もなく、体験をだらだらと書きつけるタイプの作家たちはかなりの数いて、アンゴやエルノーが抱くそういった連中と同一視されたくない、という気持ちはよくわかる。アンゴやエルノーが言いたいのは、自分の小説は、単なる当事者の告白や体験談などではなく、自分の経験を出発点としながらも、小説として構築された文学作品だ、ということだろう。このことは、「私小説」という独自の文学ジャンルを早くして確立した日本からすると、わかりやすくもあり、わかりにくくもある。

オートフィクションという言葉が最初にタームとして用いられたのは一九七七年だから、すでに半世紀近くの歴史を持つ。コルネイユ研究で知られる大学教授セルジュ・ドゥブロフスキーは自伝的小説『綾＝息子（fils）』の裏表紙で、自らの試みを、それまでの小説とも自伝とも異なるがゆえに「オートフィクション」と名づけたのだった。以来、この言葉は用いる者の数だけ異なる定義を持ちながらも、確実に市民権を得た。それというのも、かつてフランスでは二流の小説家の手法と思われ避けられてきたストレートな自分語りの小説が、世紀が変わる頃から多様な作家によって用いられるようになったからだ。それについては学術研究も少なくないが、ここではそのような議論で読者を退屈させることはやめておこう。ただ、自身も愛娘の死という乗り越えがたい苦痛を出発点に作家となったフィリップ・フォレストが、自伝、自伝的小説、オートフィクションなどを含む広大な領域を、「自己のエクリチュール」という枠組みで捉え直したことだけを付け加えておこう。その際に彼が参考にしたのが、日本の「私小説」であり、それらを乗り越えようとした津島佑子や大江健三郎といった日本の作家たちだった(フィリップ・フォレスト『夢、ゆきかひて』澤田直・小黒昌文訳、白水社)。そのフォレストは、アンゴの作品を高く評価している。

じっさい、主題はまったく異なるが、アンゴ作品の自伝的側面を理解するために、大江健三郎は参考になるかもしれない。大江も彼自身とおぼしき作家(長江古義人)を主人公として、同じ体験を何度もリライトしている。それは単なる繰り返しではなく、意図的な反復の作業だろう。原光景になるものがあり、それが執拗に回帰してくる。クリスティーヌ・アンゴの場合も同様だ。彼女は、何度も現場を検証する探偵のように(とはいっても、彼女は被害者でもあるのだが)同じ問題に立ち戻るが、書かれた本は毎回まったく別のものとして立ち現れる。有り体に言えば、素材は同じであっても、さまざまに変奏しうる。そして、そこにこそ文学の真骨頂がある。

その主題について言えば、実の父親による性的虐待にわれわれの視線は行きがちだが、本書ではその背景にある実存的な不安に光があてられているように思われる。彼女が父親から逃げなかったのは、父親から承認されたい、という根本的な欲求があったからだろう。その意味で、小説が、彼女が法的に娘として認知されるところから始まっていることは重要だ。この認知と性的関係の開始が直結している点は見逃すことができない。クリスティーヌと母親は社会的弱者であり、かつ日陰の存在であるのに対して、父親は社会的に高い位置にあり、ストラスブールには彼女が入り込めない公式の世界がある。彼女は異母弟妹の存在を知っているが、彼らのほうは彼女のことを知らない、などあらゆるレベルでの非対称的関係を乗り越えるためには、書類上での認知にとどまらず、父親から本当に娘として認知されなければならない。主人公が、翻訳を生業とする父と同じように語学習得に興味を持ち、優秀であろうとするのも、いやいやながらも父親の支配下に入っていくのもすべて、父親に百パーセント認めてほしいからなのだ。承認へのこだわりは、ストラスブールのスーパーマーケットでの場面で頂点に達する。父の自宅に招かれ、異母弟妹と引き合わされたとしても、彼女は家族の本当の一員ではないことを突きつけられるのだ。

娘のこの切実な承認欲求の思いを踏みにじるだけでなく、それに付け入る父親は卑劣としかいいようがない。それでも彼女は、出会う前から抱いていた父の偶像的なイメージから逃れることがどうしてもできない。これこそが本書の主題ではないだろうか。父親は三十にものぼる言語を操るいわば語学の天才で、国際的な機関で活躍し、欧州各地を旅行し、パリには別邸も持っている。フランス語のadorerは「熱愛する、大好き」を意味するが、同時に神などを崇拝するという意味も持つ。本書の主人公は、父を希求し、神のように崇め慕うのだ。そのためには、自分の身体を供犠に付すことも厭わない。近親姦はギリシャ神話をはじめ古代の神話に通じるが、本書も自己供犠を含めてそのような神話的な構造を備えていると言ったら穿ちすぎだろうか。

ここまで、さまざまなことを書き連ねたが、読者はこれらの情報に振り回される必要はない。虚心坦懐に読めば、読む者の心に素直に響いてくる。それが本書の力である。

謝辞

本書を訳すにあたって最後まで伴走してくれた編集者の戸田賀奈子さん、小説を表現した素敵な装幀をしてくれた白畠かおりさん、見落としを防いでくれた校正のディクション株式会社のみなさまと古市美土里さん、この作品に出合わせてくれたコーディネーターで私の翻訳の師匠である高野優さん、そして忙しい中、解説と惹句を引き受けてくれた『ゴンクール賞日本委員会』委員長でもある立教大学教授・澤田直さんに深い感謝をいたします。

西村亜子

著者略歴

クリスティーヌ・アンゴ ｜ Christine Angot

作家、劇作家、脚本家。自らの体験に基づく実父との近親姦を主題にした『L' Inceste 近親姦』（1999年日本未訳）が反響を呼ぶ。以後、発表する作品は2005年にフランス・キュルチュール賞、2006年にフロール賞、2015年にデッサンブル賞そして2021年にフランス5大文学賞の一つであるメディシス賞を受賞し、アンゴは現代フランス文学を代表する一人となった。なお2013年にフランス政府から芸術文化勲章のオフィシエを受勲し、2023年2月からはゴンクール文学協会（通称アカデミー・ゴンクール）会員に選出されている。

訳者略歴

西村亜子 ｜ Ako Nishimura

フランス文学翻訳家。慶應義塾大学文学部仏文学科専攻修士課程、及びパリ第三大学FLE修士課程修了。 やさしいフランス語にリライトした『80日間世界一周』、『オペラ座の怪人』、『フランス語で楽しむ日本昔ばなし』シリーズ（いずれもIBCパブリッシング）の他、『ひとりで学べるフランス語会話』（高橋書店）、『謎が解けるフランス語文法』（共訳）などフランス語教育にも携わっている。

クリスティーヌ

2024年2月9日　第1刷　発行

著　者　　クリスティーヌ・アンゴ
訳　者　　西村亜子
翻訳コーディネート　　高野優

発行者　　林 雪梅
発行所　　株式会社アストラハウス
〒107-0061
東京都港区北青山3-6-7
青山パラシオタワー11F
電話 03-5464-8738（代表）
https://astrahouse.co.jp

印刷　　株式会社 光邦

ISBN978-4-908184-49-9　C0097